KB242572

다정한 사람이 이긴다

이해인 지음

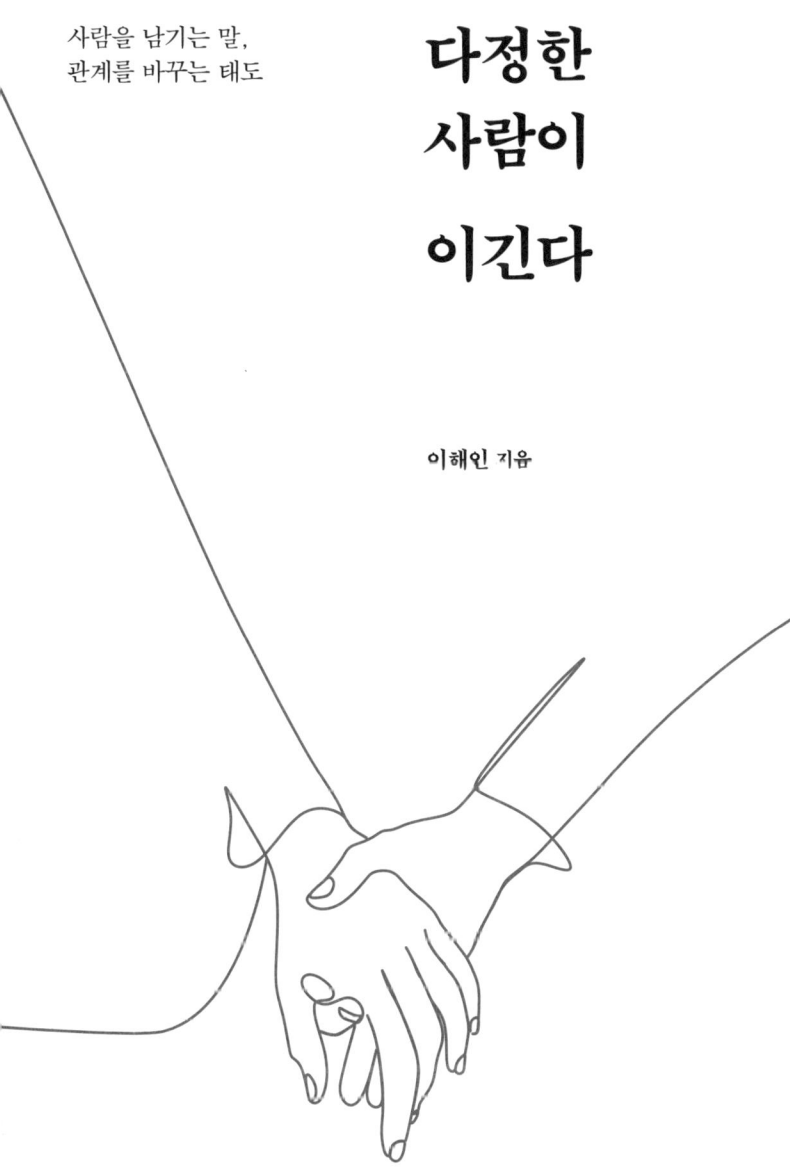

사람을 남기는 말,
관계를 바꾸는 태도

다정한
사람이
이긴다

이해인 지음

필름

프롤로그

저는 언제나 '다정한 마음이 이긴다'라고 믿어왔습니다. 그 믿음은 불행이 가득하던 제 삶을 지탱하는 뿌리였고, 다시금 세상을 향해 내미는 가장 따뜻한 손길이었습니다. 하지만 최근 제 삶에 몰아친 폭풍우는 그 뿌리마저 흔들어 놓았습니다. 역설적이게도 《다정한 사람이 이긴다》가 더 많은 사랑을 받을수록, 제 마음 한구석에는 설명하기 힘든 혼란이 피어올랐습니다. 제가 내뱉은 '다정함'이라는 단어가, 현실이라는 거친 파도에 부딪히며 살아가는 누군가에게는 도리어 가혹한 숙제나 무책임한 위로가 되지는 않을까 두려웠기 때문입니다. 세상은 여전히 차갑고 냉정한데, 나 혼자 헛된 이상만을 노래하고 있는 것은 아닌지 스스로를 끊임없이 검열하며 밤을 지새우는 날들이 많아졌습니다.

가장 가까웠던 가족과의 법정 공방에서 느끼는 배신감, 걷잡을 수 없는 오해와 예상치 못한 송사들, 그리고 10년을 함께한 소중한 인연과의 아픈 단절은, '시절인연時節因緣'의 무거움을 실감하게 했습니다. 이 혹독한 시험의 시간 속에서 저는 스스로에게 날카로운 질문을 던지곤 했습니다. '도대체 정말 다정한 사람이 이기는 게 맞긴 한 걸까? 아니, 어쩌면 내 다정함이 나를 패배로 몰아가고 있는 건 아닐까?' 하는 자괴감이 저를 갉아먹었습니다. 하지만 그 절망의 밑바닥에서 저는 다정함을 놓지 않았습니다. 대신, 그것을 완전히 다시 정의했습니다.

다정함이란 단순히 타인에게 친절을 베푸는 연약

한 마음이 아니라는 것을, 그것은 상처받고 억울한 순간에도 타인을 이해하려는 강인한 선택이자, 불합리한 세상에 맞서는 가장 투쟁적인 비폭력의 힘이라는 것을요.

첫째로, 다정함의 방향은 가장 먼저 '나 자신'을 향해야 했습니다.

남들을 챙기고 배려하느라 정작 상처 입은 제 속마음은 방치해 두었음을 알았습니다. '내가 틀렸던 걸까?'라는 자책이 고개를 들 때마다 저는 스스로를 다독이기 시작했습니다. 모진 풍파 속에서도 저의 본질을 잃지 않으려 애쓰는 제 모습이 얼마나 대견한지, 이 아픔조차 더 단단해지기 위한 과정임을 스스로에게 끊임없이 말해주었습니다. 저에게 먼저 다정해질 때, 비로소 누군가의 공격에도 무너지지 않는 단단한 중심이 생겼습니다.

둘째로, 다정함을 지키기 위해 '관계의 리모델링' 이 필요함을 배웠습니다.

가족이라는 천륜이, 10년이라는 긴 시간도 그 사람의 진심을 보장해 주지는 않더군요. 그때 저는, 소중하다고 믿었던 인연들이 마치 썰물처럼 빠져나가며, '수류화개水流花開'의 순리에 따라 자연스럽게 흩어지는 '비움'의 시간이 필요했음을 깨달았습니다. 덕분에 알게 되었습니다. 소란스러운 폭풍우 속에서도 묵묵히 곁을 지켜주는 배우자, 그리고 진심으로 응원해 주는 동료, 식지 않을 만큼의 적당한 온도로 마음속 깊이 응원을 주는 친구들의 얼굴을요. 곁에 남은 귀한 이들을 위해 다정함을 소중히 다루어야 한다는 것을 알았습니다.

셋째로, 소음 속에서도 멈추지 않고 스스로의 '가치'를 생산해 내는 것이 가장 강력한 방어임을 깨달았습니다. 스스로를 무너뜨리려는 끝없는 불행

7

과 시험에 모든 에너지를 쏟았다면, 저 자신은 이미 메말라 이 세상에서 사라져 버렸을 것입니다. 저는 매일 일정 시간 '방어벽'을 세우고 오직 본업과 글쓰기에만 집중했습니다. 세상이 나를 흔들어도 저는 여전히 제 일을 해내고, 함께하는 팀원들과 브랜드를 키워가며, 누군가에게 도움이 되는 글을 쓰는 것. 그것이 저를 지키는 가장 품위 있는 저항이었습니다.

인정합니다. 저는 그리 대단히 선하거나 늘 평온한 사람은 아닙니다. 오히려 지독히 감정적이고 예민한 기질을 타고난 탓에, 그 뾰족함으로 누군가에게 의도치 않은 상처를 남기기도 했습니다. 2023년 6월에 출간한 저의 첫 책《감정은 사라져도 결과는 남는다》는 바로 그런 저의 서툰 감정들이 만들어낸 얼룩을 직시하며 써 내려간 반성문이자 성찰의 기록이었습니다.

매번 새로운 불행 앞에서도 다시 '다정함'을 말하는 것은, 제가 이제는 완벽해졌기 때문이 아닙니다. 여전히 저는 연약하고, 시시때때로 실수하며, 고민에 빠져 밤잠을 설치는 평범한 인간일 뿐입니다. 하지만 이제는 압니다. 인간이기에 필연적으로 수반되는 그 연약함과 실수들이야말로, 우리를 이전보다 훨씬 더 깊고 넓은 세계로 인도한다는 사실을요. 제가 아파보았기에 타인의 통증에 예민해질 수 있고, 제가 무너져 보았기에 타인의 무너짐을 선명하게 바라보고 또다시 손 내밀 수 있게 되었습니다.

　　"다정한 사람이 이긴다"라는 말은 아무 일도 겪지 않은 온실 속 화초가 하는 말이 아닙니다. 이 모진 풍파를 온몸으로 겪고도 끝내 모진 사람이 되지 않기로 선택한 사람, 억울함에 매몰되기보다 자신의 색살을 시켜내며 묵묵히 제 갈 길을 가는 사람만이 증명할 수 있는 승리의 선언입니다. 지금 제가 겪는

이 고통은 제 다정함이 쓸모없음을 증명하는 것이 아니라, 훨씬 더 단단하고 깊은 다정함으로 나아가기 위한 뜨거운 담금질입니다. 이 책은 그 치열한 담금질 끝에 길어 올린 기록입니다.

예기치 못한 불행 속을 걷고 있는 당신에게, 그럼에도 불구하고 우리는 끝내 다정함으로 승리할 것이라는 믿음을 전하고 싶습니다.

결국 다정함을 선택한 당신이 이길 겁니다.

차례

2장 마음이 닿는 거리

3장 삶을 지속하는 태도

1장

지금의 나를
만든 순간

가깝지만 먼, 멀지만 가까운 1.

유럽 여행

2월 즈음, 연초라서 아주 바쁜 시즌이었지만, 나는 남편과 함께 10일간의 유럽 여행을 감행했다. 이 여행을 떠나야만 하는 명분은 차고 넘쳤다. 두 달 뒤인 4월부터는 아이를 갖기 위해 동결해 둔 배아를 착상시키기 위한 고단한 시험관 시술의 여정이 시작될 예정이었고, 그전에 둘만의 마지막 자유를 만끽하고 싶다는 조급함도 있었다. 생선 처음 유럽에 가는 남편에게 넓은 세상을 보여주고 싶다는 근사한

핑계도 덧붙였다.

하지만 솔직히 고백하자면, 그것은 무겁게 짓누르는 현실로부터의 절실하지만 비겁한 '회피'였다. 사실 2025년 8월에 책 《다정한 사람이 이긴다》의 초판을 출간하며 나는 '다정한 사람이 이긴다'라고 세상에 호기롭게 선언했다. 하지만 그 문장을 세상에 내놓고 정작 나 자신은 가장 다정하지 못한 계절을 지나야 했다. 가장 믿었던 존재에게 받은 상처는 마음의 문을 닫게 했고, 오지 않은 미래를 저당 잡아 현재를 착취하던 습관은 나를 번아웃의 벼랑 끝으로 몰아넣기도 했다. 그래서 한국과 시간이 반대로 흐르는 곳으로 도피한 것이다.

인생에서 첫 도피로 떠난 여행에서의 마지막 도시는 포르투갈 리스본이었다. 이 도시는 해가 뜨고 질 때 가장 아름답다고 해서 마지막 일정으로 계획했다. 그렇게 이번 도피의 여행, 마지막 여정의 피날레로 전통 공연인 '파두Fado'를 예약했다. 예상대로 리스본의 해 질 녘은 황홀할 만큼 아름다웠고, 울퉁불퉁한 언덕의 연속이었지만 공연장으로 향하는 길에서는 나도 모르게 콧노래를 흥얼거렸다.

운 좋게 공연장의 가장 앞자리에 앉게 된 우리 곁에는 미국 캔자스주에서 온 노부부, 바이런과 샐리가 있었다. 영어가 서툰 나는 금방이라도 말을 붙일 것 같은 샐리의 다정한 시선을 애써 피했지만, 여행만 오면 외향형으로 변하는 내향형인 남편은 어느새 그들에게 말을 걸고 우리를 소개하고 있었다. 짧은 단어들을 이어 붙이며 나눈 대화였지만, 그들은 몸을 기울여 나의 서툰 진심을 경청해 주었다. 두 시간 동안 우리는 마치 한 가족처럼 음식을 나누어 먹고, 애절한 파두 공연에 함께 젖어들며 손빛과 몸짓을 더하여 쉼 없이 이야기를 나눴다.

바이런과 샐리는 1974년에 결혼해 50년 넘는 세월을 함께 해온 부부였다. 그들은 우리에게 두 아들의 이야기를 들려주었다. 멕시코 여인과 결혼한 첫째 아들의 손주를 애타게 기다리며 자신이 거주하는 곳을 떠나 손주가 있는 곳으로의 이사까지 결심하고 있다는 할머니의 그 마음이, 우리 엄마들과 다를 게 없구나, 하는 생각에 크게 웃었다. 이야기가 무르익었을 때쯤 그들은 그들이 가진 불행이자 재산을 꺼내주었다. 아스퍼거 증후군이 있어 세상에 친구는 단 한 명도 없지만, 세상 누구보다 행복을 크게 느끼는 둘째 아들의 이야기를 할 때 그들의 얼굴에 번지던 평온한 미소를 잊을 수 없다. 서로의 불행과 고민을 꺼내 놓을수록, 만난 지 두 시간밖에 안된 이방인들과의 거리는 기적처럼 가까워졌다.

우리는 그들에게 난임으로 힘든 시간을 보내며 시험관 아기를 준비하고 있다는 고백을 했다. 샐리는 본인의 친척부터 지인까지 시험관을 통해 건강하게 자라난 아이들의 사진을 하나하나 보여주며 내 손을 꼭 잡아주었다. 아주 멀리, 전혀 다른 시간을 살던 이방인들과 우리는 그 순간 세상에서 가장 가까운 사이가 되어 서로를 깊이 위로하고 있었다.

하지만 역설적이게도, 삶에서는 가장 가까웠던 사람이 세상에서 가장 멀어지는 경험을 여러 차례 겪는다. 둘도 없는 친구가 남이 되고, 지독하게 사랑했던 연인이 남보다 못한 사이로 갈라서며, 내 인생의 길라잡이이자 등불이라 믿었던 가족 같은 존재가 영영 볼 수 없는 거리로 멀어지기도 한다.

그렇게 나의 세계와 타인의 세계를 잇고, 또 잘 거두는 연습을 이어간다. 과연 이 세상에 존재하는 동안 신성한 이른이 될 수 있을까. 어쩌면 완벽한 이른이라는 목적지는 애조에 없을지도 모른다. 다만, 수

많은 이별 속에서 마음을 닫아걸지 않고, 내 곁에 남은 이들에게 다시 한번 기꺼이 다정해지기를 선택하는 것. 남몰래 삼켜낸 고독의 시간이 내 안의 단단한 뼈대가 되어줄 것을 믿는다.

가깝지만 먼, 멀지만 가까운 2.

시절인연

나에게도 그런 존재가 있다. 나의 어린 시절을 지탱해 주고 늘 방향을 제시해 주던, 내 영혼의 한 조각이라 믿었던 사람. 하지만 지금 우리는 얼굴을 볼 수도, 안부를 물을 수도 없는 사이가 되었다. 어느 날 회사로 날아온 한 장의 내용증명, 그것은 다름 아닌 그 사람으로부터 온 고소장이었다.

그 시간은 내 가슴에 거대한 구멍을 남겼다. 만약

그 사람이 원했던 것이 나의 무너짐이었다면, 그는 승소한 것이나 다름없을 만큼 큰 구멍이었다. 결과는 차가운 종이 위에만 기록되었을 뿐, 내 마음은 이미 폐허가 되었다. 20년 전, 그 사람이 나에게 보내온 편지의 추신 글이 떠오른다.

"생각과 방향이 다른 우리지만, 혜민 스님과 이해인 수녀님처럼 멋진 대화를 나눌 수 있는 우리가 되자."

우리는 어릴 적부터 성격도, 세상을 바라보는 시선도 참 달랐다. 그 다름이 좋았고, 그래서 그 존재가 든든했다. 그러나 결국 그에게 나는 여전히 어리고 어리석은 존재였고, 나는 그때와 다른 사람이었다. 각자 서로의 시간을 이해할 수 없는 평행선을 걸으며, 우리의 세계는 끊어졌다. 어쩌면 이것은 거스를 수 없는 시절인연의 흐름인지도 모른다. 원래 삶이란 각자의 세계에서 홀로 응답을 받는 과정이며, 남들이 정해놓은 길이 아닌 나만의 낯선 길을 걷는 법이니까.

여행지 리스본의 낯선 노부부에게서 얻은 따뜻한 위로와, 가장 가까웠던 존재에게서 얻은 차가운 상처. 이 극단적인 온도 차를 품고 나는 다시 '나의 세계'에서 살고자 걷는다. 누구를 탓하는 대신, 이 구멍 난 마음조차 내 삶의 일부로 받아들이는 나의 다정한 세상에서 말이다.

그 혹독한 시간 속에서 깨달은 진실이 하나 있다. 인생에서 진정으로 '이기는 것'은 남들보다 앞서가는 것도, 누군가를 굴복시키는 것도 아니었다. 진정 이기는 것은 어떤 비바람 속에서도 나만의 속도로 '나의 세계를 지속해 나가는 태도' ㄱ 사제었나. 이제 나는 '결과로서의 승리'가 아닌, '과정으로서의 다정함을 선택하려 한다. 그리고 그 다정함의 끝에서 나직이 기도를 읊조려 본다. 목표라는 신기루 대신, 발아래의 흙을 보살피는 일을 하자고. 부디 내가 조금은 더 여유로운 사람으로 나이를 쌓아가길 소망한다. 20대의 나처럼 보이지 않는 어딘가의 목표를 향해 숨 가쁘게 달리는 삶이 아니라, 지금 내가 딛고 서 있는 이 땅의 감촉을 온전히 느낄 수 있는 사람이길 바란다.

성공이라는 거창한 이름 아래 우리는 얼마나 많은 '오늘'을 장례 치러 왔을까. 이제는 먼 곳의 무지개를 좇느라 놓쳐버렸던 발아래의 작은 풀꽃들에 시선을 두려 한다. 머리 위를 가로지르는 새들의 날갯짓과, 계절이 바뀔 때마다 코끝을 스치는 따뜻해진 바람의 농도, 그리고 매일 걷는 길에서도 발견할 수 있는 낯선 풍경들에 마음을 내어주고 싶다.

주체적인 삶이란 결국, 내 시선의 주권을 타인의 평가나 사회적 성공이 아닌, 지금 내 곁을 흐르는 생명력에게로 되찾아오는 일이기 때문이다. 익숙함은 때로 우리를 무디게 만든다. 매일 반복되는 일상이 지루한 형벌처럼 느껴질 때마다, 나는 리스본의 노을 아래에서 만났던 이방인의 눈을 떠올릴 것이다. 낯선 여행지에서 우리는 길가의 작은 돌멩이 하나에도 감탄하며 그 순간을 살지 않았던가.

부디 나의 나날들이 편견 없는 여행자의 눈으로 일상을 바라보는 시간이 되길 바란다. 어제와 똑같은 출근길에서도 새로 피어난 잎새를 발견하고, 늘 마주하는 사람들의 표정에서 숨겨진 다정함을 찾아내는 그런 여행자 말이다. 내가 먹고 싶을 때 먹고, 자고 싶을 때 잘 수 있는 이 단순한 권리가 얼마나 위대한 자유인지를 잊지 않기를. 내 마음의 구멍을 메우려 애쓰기보다, 그 구멍 사이로 드나드는 바람조차 즐길 수 있는 넉넉한 주인이 되기를 간절히 바란다.

불행이 겹겹이 쌓인 내 삶은 정복해야 할 산이 아니라, 천천히 거닐어야 할 산책길이라는 사실을. 산책에는 꼭 가야만 하는 길이나 미리 정해둔 목적지는 없다. 그저 걷는 행위 그 자체가 목적이고 기쁨이다. 누군가와 마음이 멀어지는 아픔도, 예기치 못한 송사의 피로함도 모두 이 긴 산책길에 만난 변덕스러운 날씨였음을 이제는 안다. 비가 오면 비를 맞고, 해가 나면 볕을 쬐며, 나는 여전히 다정한 사람으로 남기를 선택할 것이다. 그것이 나 자신에게 줄 수 있는 가장 큰 승리이자 예우이기 때문이다.

산책하듯, 후회 없이 살다 가는 우리의 삶이길!
지금, 여기, 나라는 세계의 눈부신 현재 속에서.

떠돌이 아기에게

"어마!"

내가 세상에 태어나 처음으로 뱉은 그 단어는, 정작 그 단어의 주인에게 닿지 못하고 수화기 너머로 흩어졌다. 나는 겨우 한 살이었다. 부모님의 불화가 폭풍처럼 집안을 휘몰아치던 시기, 갓 돌을 지난 나는 짐 꾸러미처럼 챙겨져 경상남도 진주의 큰이모네 집으로 보내졌다. 옹알이를 떼고 단어를 고르기 시작할 무렵, 나의 세상은 부모의 품이 아닌 큰이모와 이모부의 투박하지만 따스한 사랑으로 채워졌다. 기억조차 나지 않는 그 시절, 나는 이 집 저 집을 전전하며 사랑을 구걸하던 작은 '떠돌이 아기'였다.

어느 볕이 잘 들던 오후였다고 한다. 나는 거실 저편에서 큰이모를 향해 온 힘을 다해 기어갔다. 그러고는 이모의 품에 와락 안기며 외쳤다. "어마!" 엄마라는 말을 하고 싶었던 걸까, 아니면 나를 안아주는 이 존재가 내 세상의 전부라고 믿었던 걸까. 이모는 가슴이 벅차올라 그 소식을 전하려고 서둘러 수화기를 들었다. 당시 몸이 아파 병원에 입원해 있던 나의 친엄마에게 말이다.

"해인이가 '어마'라고 했어! 방금 나한테 와서 안기면서!"

수화기 너머로 들려온 것은 기쁨의 환호가 아니었다. 직접 듣지 못한 회한이었을까, 아니면 자신을 대신해 이모에게 엄마라 부르는 딸에 대한 미안함이었을까. 엄마는 한참 동안 말을 잇지 못하더니 이내 꺽꺽거리며 통곡했다. 혹여 이모에게 엄마라고 부르는 내가 미웠던 것은 아니었을까. 나의 첫 마디 "어마!"는 누구도 기쁘게 하지 못한 채 엄마의 가슴에 가장 날카롭고도 아픈 가시가 되어 박혔다. 당시 엄마의 나이는 고작 스물여섯. 지금 생각하면 꽃피기도 전의 어린 나이였다. 무엇이 우리 가족을 벼랑 끝으로 몰아세웠을까. 만약 내가 타임머신을 타고 그때의 엄마를 만날 수 있다면, 아무 말 없이 그 마른 어깨를 꽉 안으며 말해주고 싶다. "엄마, 당신 잘못이 아니야"라고. 하지만 그때의 나는 고작 한 살이었기에 그저 아쉬운 마음만 공중에 흩날릴 뿐이다.

사실 나는 초등학교 입학 전의 기억이 단 한 장면도 떠오르지 않는다. 고통스러운 기억을 스스로 지워버린 것인지, 아니면 정말 너무 어려서였는지는 알 수 없다. 다만 확실한 건, 엄마와 아빠는 내가 세 살이 되기도 전에 각자의 길로 떠났다는 사실이다. 나의 어린 시절 기억의 도화지는 그렇게 커다란 공백으로 시작되었다.

텅 빈 기억 속에 처음으로 감정이라는 물감이 진하게 번진 것은 열 살이 되던 해였다. 그날 나는 처음으로 내 안의 생소한 일렁임을 '외로움'이라 정의했다. 아빠는 어느 날 축 처진 어깨를 감추려 두 팔 벌리고 나에게 맛있는 어묵을 먹으러 가자고 했다. 투박한 손으로 내 손을 잡고 동네 포장마차로 향했다. 주황색 천막 아래, 아빠는 솥뚜껑처럼 커다랗고 거친 손으로 서툴게 주먹밥을 빚어 내 앞접시에 따끈한 어묵 한 그릇과 함께 놓아주었다. 그러고는 말없이 소주를 연거푸 들이켰다. 아빠는 내가 식사를 마치니 금세 일어나 집으로 향했다.

"해인아, 아빠가 목마 태워줄까?"

아빠의 넓은 어깨 위는 높고도 위태로웠다. 흔들거리는 어깨 위에서 아빠의 울음 섞인 목소리가 자장가처럼 들려왔다. "내 사랑아, 내 사랑아, 나의 사랑 해인아, 둘도 없는 내 새끼…." 아빠는 '클레멘타인' 멜로디에 실어 노래를 불러주었다. 그 순간, 나는 가슴 한복판에 뜨거운 떡이 걸린 것 같은 기분을 느꼈다. 숨이 턱 막히고 말문이 막히는 묘한 통증. 그것은 단순히 슬픈 것이 아니었다.

나는 그날 밤, 누군가의 외로움을 온몸으로 통과했다. 열 살의 아이가 감당하기엔 너무나 무거운 '타인의 생'이 내 어깨 위로 쏟아져 내렸다. 그것은 동정이나 연민이 아니었다. 그저 아빠와 함께 순주인 채, 이 세상에 덩그러니 남겨진 두 존재의 고독을 공유한 것이었다. 숨조차 쉬기 어려울 만큼 무거웠던 그 삼삭. 나는 숨죽여 눈물을 흘렸다. 나의 '다정함'은 그 지독한 외로움의 틈새에서 싹을 틔웠다.

지금의 나는 서른 중반이 되었다. 70세가 다 된 아빠는 결핵이 온몸을 뒤덮은 아주 무서운 병으로 석 달 사이 30kg이 빠졌고, 이제는 지팡이를 짚는다. 다시는 그의 등 위에 올라탈 수는 없지만, 그 어깨 위에서 느꼈던 외로움은 지금도 내 안에 남아 있다. 아빠는 말한다.

"해인아, 인생은 끊임없이 외로운 거야."

나는 조용히 속으로 답한다. 아니라고, 그 말이 틀렸다고. 누군가의 외로움을 사랑으로 감싸안을 수 있는 다정한 사람이 되고 싶다고. 타인의 슬픔에 귀를 기울이고, 말 한마디를 고를 때 상대의 마음속 깊은 곳을 살피게 된 것은 그날 밤 아빠의 젖은 목소리를 기억하기 때문일 것이다. 나는 여전히 그날부터 시작된 다정함의 감각을 믿는다. 가장 외로웠던 사람이 가장 다정해질 수 있다는 그 아픈 진리를 말이다.

　다정함은 연민이 아니다. 누군가의 감정이 동화되어 시작되는 사랑의 언어다. 나는 아빠의 인생에 끝까지 그 다정한 딸로 남고 싶다. 그의 외로움을 가장 깊이 아는 가장 가까운 친구로. 그리고 열 살에 외로움이라는 감정을 배워 일찍이 철든 나를 기특하다고 말해줄 수 있는 어른으로. 누군가에게 상처가 될까 숨죽여 울던 열 살 해인이를 꽉 안아 위로해 줄 수 있는 진짜 다정한 사람으로.

다정함은 연민이 아니다.
누군가의 감정이 동화되어
시작되는 사랑의 언어다.

울보 엄마

　일곱째 중 막내딸이었던 울보 엄마는 어느 시점부터는 아무리 슬퍼도 울지 못하게 되었다. 희귀병인 자가면역질환 '쇼그렌 증후군'을 앓고 있기 때문이다. 눈물샘과 침샘이 말라버리는 이 병을 엄마는 스물일곱 살에 진단받았다. 지금의 나보다 더 앳되었을 나이, 줄곧 울보로 살아왔던 일곱째 딸의 눈방울에서 그날 이후 더 이상 눈물은 흐르지 않았다. 슬픔이 차올라도 쏟아낼 길 없는 가뭄 같은 병을 품은 채, 엄마는 긴 병원 생활과 마른 그리움의 시간을 견뎌냈다.

스무 살 무렵의 어느 밤을 기억한다. 잔뜩 취해 돌아온 나는 세상의 모든 짐을 혼자 짊어진 듯 서러움에 겨워 엄마에게 날 선 상처를 주었다. "우리 집은 왜 맨날 이런 가파른 언덕 위에만 있어?" 어리석은 투정이었고, 가난의 냄새를 지우고 싶었던 비겁한 고백이었다. 그때 엄마는 미안하다는 말과 함께 나를 지그시 바라보았다. 엄마의 눈에는 눈물이 고이지 않았지만, 그 눈망울 안에는 짙은 슬픔이 일렁이고 있었다. 눈물 없는 눈으로 울고 있던 엄마의 얼굴. 그 진한 슬픈 표정을 아직도 잊지 못한다.

운명의 장난처럼 내게도 그 불행이 찾아왔다. 내 나이 스물여섯, 햇살이 눈부시게 쏟아지던 야외 촬영 직후 온몸에 붉은 고름이 돋아났다. 엄마가 겪었던 그 예측할 수 없는 불행이 대물림이라도 된 듯 나를 덮쳤다. 나는 엄마의 병과 닮은꼴인 자가면역질환 '루푸스'를 진단받았다. 매일 아침 열두 알의 약을 삼키며, 스테로이드 부작용으로 둥글게 부어오르는 얼굴을 거울 속에서 마주해야 했다. 내 인생은 늘 결핍과 불행이 뒤섞인 실타래 같았다. 남들처럼 평범하게 살고 싶다는 소망은 저 높은 곳의 불빛처럼 늘 멀기만 했다.

실제로 내 인생엔 수없이 많은 불행과 결핍이 뒤섞여 있었다. 가진 것보다 못 가진 게 더 많았고, 나눌 것보다 지킬 것이 더 많았던 날들이었다. 늘 신나 보였던 나의 뒤에는 어두운 그림자가 짙게 드리웠다. 태어나 지금까지. 우리 집은 늘 어두운 골목길을 길고 오래 올라야 보였다.

고등학생 시절, 야간 자율학습을 마치고 돌아오던 길은 늘 어둡고 길었다. 이태원 뒷동네인 보광동의 좁은 골목길을 힘겹이니 오느다 숨이 턱밑까지 차오를 때년, 상 너머 상남의 화려한 야경을 보며 다짐했다. "나도 언젠가 저 불빛 속에서 일하고, 저 높은 곳에서 살 거야." 그 간절했던 소망은 정확히 10년 뒤 현실이 되었다. 강남의 빌딩 숲에서 창업을 했고, 내가 서 있던 가장 높은 동네였던 보광동의 기억을 품은 채, 그 인근 한남동에 내 명의의 집을 마련했다. 이제는 가파른 언덕 위가 아니라, 한강의 윤슬이 내려다보이는 창가에서 그때의 오르막길을 추억한다.

수없이 넘어졌지만, 쓰러질 때마다 쥐고 일어난 것은 원망이 아니라 '희망의 문장'이었다. 때로는 책 한 권 속 위로의 문장이었고, 때로는 함께 일하는 사람들과 나누는 따뜻한 안부였다. 이제는 안다. 결국 우리를 구원하는 건 불행의 유무가 아니라, 불행을 대하는 태도라는 것을. 나는 더 이상 불행에게 먹이를 주지 않는다. 나를 가여워하며 눈물로 불행의 덩치를 키우는 대신, 그것을 내 삶의 가장 강력한 사유재산으로 삼기로 했다. 아픔을 겪어본 사람만이 가질 수 있는 깊은 공감과 다정함, 그것이야말로 그 어떤 자산보다 귀하고 단단한 나의 힘이다.

이 글을 빌려 당신에게 꼭 말해주고 싶다. 지금 당신을 흔드는 그 크나큰 불행이 당신의 전부가 아니라고. 오히려 그 고통은 훗날 당신이 가장 빛나는 순간에 꺼내 쓸 수 있는 가장 귀한 밑천이 될 것이다. 나를 공격하는 병마와 끝없는 배신의 상처 속에서도 끝내 다정함을 선택한다면, 분명 그 시간 속에서 자신의 삶을 더 깊이 사랑하게 될 것이다.

당신이라는 고유한 세계는 그 어떤 불행보다 크고 단단하니까.

약수동 여신

2011년, 서울방송고등학교 영상학과 회장이었던 나는 한 달에 한 번 전체 학생회의를 끝내고 회의록을 정리해 교장실을 찾는 것이 한 주의 루틴이었다. 그날의 교장실은 평소와 달랐다. 커다란 카메라와 방송국 사람들로 가득 차 있어 안 그래도 좁은 공간이 아주 복작복작한 느낌이었다. KBS 〈안녕하세요〉 제작진들이 학교를 방문 중이었기 때문이다.

당시 우리 학교에는 남자 아이돌 그룹 '뉴이스트'의 멤버인 종현과 동호가 재학 중이었다. 데뷔를 앞둔 그들의 사전 홍보를 위해 방송에 적합한 에피소드를 찾고 있었고, 나는 '등굣길에 번호를 너무 많이 따여서 지각하는 여고생'이라는 자극적인 설정을 입고 카메라 앞에 섰다. 방송 직후, 세상은 나를 '약수동 여신'이라 부르기 시작했다. 실시간 검색어 1위, 하루에도 수천 건씩 쏟아지는 기사들. 열아홉의 나는 하룻밤 사이에 마녀사냥의 주인공이 되었다.

방송에서 이슈화된 수식어의 이면은 지독히도 축축했다. 모니터 너머의 사람들은 나를 살아 있는 인간이 아닌 소비하기 좋은 이미지로만 대했다. 기사 속 댓글로 끝없는 독설을 쏟아냈고, 일면식도 없는 이들이 학교 앞까지 찾아와 조롱 섞인 욕설을 내뱉거나 몰래 사진을 찍고 달아났다. 두려웠고 또 무서웠다. 스트레스에 몸이 반응하여, 머리카락이 세 군데나 동그랗게 빠져나가는 원형 탈모가 생겼다. 그것은 타인의 시선이라는 독이 내 몸을 파고든 흔적이었다.

내가 한껏 움츠리고 있을 때, 나를 일으켜 세운 건 화면 속의 화려해 보이는 관심이 아니라 진심 어린 메시지들이 가득한 종이 한 장이었다. 초등학교 시절부터 곁을 지켜준 나의 죽마고우 친구는 광영여고 친구들에게 포스트잇 메시지를 하나하나 받아 2절지 크기의 대자보를 만들어 우리 집으로 달려왔다. "우린 네 편이야. 다른 건 보지 마." 친구가 펼쳐 보인 그 대자보 안에는 세상의 날 선 악플보다 수천 배 더 무거운 다정함이 담겨 있었다.

위태롭게 흔들리던 나를 붙잡아 준 건 기자들이 써 내려간 자극적인 기사도, 방송국이 붙여준 화려한 자막도 아니었다. 나를 가장 가까이서 지켜본 친구들의 따뜻한 눈동자였다. 고등학교 동창들은 하굣길마다 나의 보디가드를 자처했고, 교문 앞을 서성이는 오토바이 무리에게 계란을 던지며 나를 보호했다. 그들은 열아홉의 나에게 세상을 이길 수 있는 가장 강력한 무기는 타인의 인정이 아니라, 내 곁에 남은 사람들의 신뢰라는 것을 몸소 가르쳐주었다.

그 시절을 통과하며 나는 인생의 가장 중요한 통찰을 얻었다. 나를 정의하는 것은 타인의 입술에서 나오는 '평판'이 아니라, 나를 사랑하는 사람들의 눈빛 속에 비치는 본래의 '나'라는 사실이다. 타인의 인정에서 자아를 찾으려 할수록 우리는 밑바닥 없는 불안으로 추락한다. 기사 속에 박제된 '약수동 여신'은 내가 아니었다. 진짜 나는 친구들의 대자보 속에, 동료들과 나누는 안부 속에, 그리고 묵묵히 내 갈 길을 가는 나의 의지 속에 존재한다.

지금도 나는 그때의 원형 탈모 자리를 가끔 만져

본다. 그 흉터는 나에게 말한다. 눈에 보이지 않는 타인의 칼날에 내 소중한 존재를 내어주지 말라고. 진정한 자아는 누군가에 의해 '만들어지는 것'이 아니라, 내가 사랑하는 사람들과 함께 '지켜내는 것'이다. 세상은 끊임없이 우리에게 가짜 얼굴을 덧씌우려 한다. 때로는 찬사로, 때로는 비난으로 우리를 흔든다. 하지만 우리는 서로를 바라보는 진실한 눈빛 속에서만 진짜 나를 발견할 수 있다. 내가 겪은 그 지독한 시간은 내게 불행이 아닌 자산이 되었다. 덕분에 나는 이제 어떤 소음 속에서도 나를 지키는 법을 안다.

당신을 무너뜨리려는 수많은 말들에 귀를 닫아도 좋다. 당신이라는 세계를 증명해 줄 사람은 당신의 연약함까지 품어주는 곁의 사람들, 그리고 그들을 향해 끝내 다정함을 잃지 않는 당신 자신뿐이라고. 결국 다정한 당신이 이긴다.

골목의 다정한 어른들

나는 태어나자마자 많은 어른들의 품 안에서 자랐다. 엄마가 많이 아팠기 때문에 생후 1년은 큰이모 댁에서 살았고, 그 후에도 고모네, 할머니네, 아빠네, 엄마네를 오가며 지냈다. 특히 유치원에 다니던 5살부터 7살까지, 할머니 댁에서 지내던 그 시절은 내 유년기 중 가장 선명하게 기억나는 '골목의 시절'이었다.

그 골목에는 '난순한 어른'이 아닌, 어린 나를 한 사람으로 바라봐 준 '다정한 어른들'이 있었다.

유치원이 끝나면 내가 가장 먼저 달려가던 곳은 '에브리데이'라는 문구점이었다. 주인 아저씨는 나를 보면 항상 반갑게 맞아주셨고, 내가 더 편하게 앉을 수 있도록 푹신한 의자를 꺼내주셨다. 그리고 무엇보다, 나에게 돈 계산하는 법을 가르쳐주셨다.

"이 과자는 300원이니까, 천 원을 내면 얼마를 받아야 할까?"
"600원!"
"100원 더!"
"700원!"

그 짧은 대화가 얼마나 따뜻했는지, 나는 그때 아저씨의 안경 너머 다정한 눈빛을 아직도 기억한다. 아마도 아저씨는 알았을 것이다. 집에 아무도 없어서 몇 시간이고 집에 가지 않는 꼬마에게, 친구가 필요하다는 것을.

배가 고파지면 맞은편 '럭키마트'로 달려갔다. 문
구점에서 배운 계산법으로 800원짜리 빵을 사고,
200원을 거슬러 받아 다시 문구점 아저씨에게 내가
돈을 계산했다고 자랑을 하며, 꼭 후식 사탕은 문구
점에서 사 먹었다. 에브리데이 아저씨는 절대 아무
것도 공짜로 주지 않으셨다. 지금 생각하면, 그건 어
린 나에게 세상을 살아가는 법을 알려주기 위한 교
육이었을지도 모른다.

바로 옆에는 '꺼리책방'이 있었다. 그곳은 조용했
고, 책방 언니는 매우 차분한 사람이었다. 그 시절엔
MBTI가 없었지만, 지금 떠올려보면, 그 언니는 분
명 대문자 I, 내향형이었을 것이다. 책을 좋아하던
3살 터울의 친언니는 자주 그곳에 있었고, 책방 언
니는 이렇게 말하곤 했다. "보고 싶은 책이 있다면
공짜로 빌려 가도 괜찮아. 하지만 언니는 미안한 마
음에 공짜로 빌려 가진 못하고 책방 구석에 쭈그려

앉아 단숨에 3권을 읽고, 그다음 편 한 권만 조심스럽게 빌려 나오곤 했다.

책방 언니는 말없이 우리에게 공간을 내어주었다. 우리 자매 얼굴에 스며 있던 외로움을 말 대신 품어준 어른이었다. 그 골목은 아주 좁았지만, 그 안에서 나는 넓은 마음을 배웠다. 문구점 계산대에 유일하게 놓인 푹신한 의자 하나가, 계산할 때마다 숫자를 알려주시던 마음이, 책방 구석 한편이 어린 나에게 얼마나 큰 위로였는지, 지금은 알 것 같다. 그 골목의 어른들은 우리 자매를 키워낸 다정한 영웅들이었다.

그리고 지금, 나는 서른셋이 되었다. 그 시절 골목의 아이가 어른이 된 지금, 가끔 거울을 보며 묻는다. "나는 누군가에게 다정한 어른일 수 있을까?" 그때의 에브리데이 아저씨처럼, 꺼리책방 언니처럼, 조용히 의자를 내어주고, 말없이 손에 책을 쥐여주는 그런 어른이 될 수 있을까?

앞으로 나도 누군가에게 그런 어른이 되고 싶다. 외로워 보이는 아이가 있다면 눈을 맞추고 인사를 건네고, 조심스럽게 묻는 말에 천천히 대답해 줄 수 있는 어른. 그렇게 다정함이 전해지고, 또 전해지는 골목 같은 삶을 살고 싶다. 다정함은 아주 작은 행동에서 시작된다. 그 골목의 어른들이 그랬듯, 말없이 따뜻한 시선을 건네는 것으로도 충분하다. 그 다정함이 내게서 시작되어 다음 세대의 골목으로 흘러가기를 바란다.

뻔한 말을 할 줄 알아야 한다

"감사합니다."

"덕분이에요."

"좋았습니다."

"사랑해요."

"미안합니다."

"사과할게요."

"제 탓입니다."

"많이 배웠습니다."

"존경합니다."

"존중해요."

이처럼 뻔한 말을 뻔하게 할 줄 아는 사람이 되어야 한다. '말하지 않아도 알겠지'라는 생각은 나의 속 편한 이기적인 마음일 뿐이다. 전하지 않으면 알 수 없다. 사실, 대단히 친절할 필요도, 다정할 필요도 없다. 타인도 나의 친절이나 다정을 바라지 않는다. 그저 당연한 말을 당연히 해주는 사람이기를 바란다.

어느 날 회사 경영팀의 회식 자리에서 이상형을 주제로 이야기하던 중, 한 팀원이 이렇게 말했다. "저의 이상형은 인사를 잘하는 사람이에요." 그 말이 끝나자마자 모두가 한 사람을 떠올렸다. 인사를 잘하는 S 팀원.

"아, 그분 정말 목소리 좋아요."
"그 팀원은 인상도 좋죠."
"사실 많은 분의 성함을 모르는데, 그분 성함은

알아요!"

놀랍게도 그가 담당하고 있던 업무나 성과에 대
해선 나 말고는 아무도 몰랐을 것이다. 그런데도 모
두가 그를 '회사에서 가장 멋진 사람'이라고 느꼈다.
이유는 단 하나, '인사'였다. 그는 사무실에서도, 엘
리베이터에서도, 회사 근처에서 마주쳐도 늘 눈을
마주치며 정중하게 "안녕하세요~" 하고 인사를 건
넨다. 우리는 어릴 적 "인사를 잘해야 한다"라는 부
모님의 가르침을 흘려듣고 대수롭지 않게 여겼지만,
살아보니 그것이 정말 중요한 말이었다. 뻔한 행동
을, 당연하게 할 줄 아는 사람이 드물다. 뻔한 말을,
당연한 말을, 제대로 할 줄 알아야 한다.

"안녕하세요."
"반갑습니다."
"감사합니다."

"미안합니다."

"사랑합니다."

이런 말들이 우리의 일상 속에서 얼마나 큰 의미
를 갖는지를 잊지 말아야 한다. 뻔한 말에는 따뜻함
과 진정성이 담겨 있다. 그리고 그 말을 뻔하게 할 수
있는 사람은, 결국 가치를 드러내는 법을 아는 사람
이다.

다정함이 세상을
바꿀 수 있다는 믿음

인간은 본래 사무치게 유약한 존재다. 누군가의
날카로운 말 한마디에 정성껏 가꿔온 마음의 정원
이 단숨에 짓밟히기도 하고, 서늘한 무관심 앞에서
하루가 통째로 무너지기도 한다. 거대한 자연의 힘
앞에서는 속수무책으로 흔들리고, 아주 작은 사고
에도 쉽게 부서지는 이 연약한 종이 어떻게 모진 세
월을 견디며 번영을 구가해 올 수 있었을까. 그 생존
의 비밀병기는 다름 아닌 '다정함'이었다.

내 배우자의 조모님께서는 딸 다섯을 낳으셨다. 이때 하나의 운명 공동체가 시작되었다고 생각한다. 다섯 딸이 가정을 이루며, 서른 명이 넘는 대가족이 만들어졌다. 내 배우자의 온 가족에게는 매년 여름이면 근교로 여행을 떠나는 약속이 있다. 나는 결혼 첫해, 처음으로 여행을 함께 떠났고, 그 여행에서 잊지 못할 순간이 찾아왔다. 온 가족이 모인 저녁 식사 자리, 조모님으로 시작되어 꾸려진 서른 명이 넘는 대가족이 모여 바비큐를 굽던 무더운 여름밤이었다. 나는 연로하신 할머님 앞에 조그만 무선 선풍기 하나를 가져다드렸다. 한참 시원한 바람을 쐬시던 할머님은 슬며시 선풍기 방향을 다시 나에게로 돌리며 말씀하셨다.

"요렇게도 해볼까?"

그 짧은 한마디에 나는 한동안 말문이 막혔다. 만

약 할머님이 "너 덥지? 네가 써라"라고 직접적으로 말씀하셨다면, 나는 분명 "아니에요, 더운데 할머님 쓰세요"라며 반사적으로 거절했을 것이다. 하지만 할머님은 손주며느리가 미안해하지 않도록, 마치 새로운 놀이를 제안하듯 '요렇게도 해볼까'라는 다정한 쿠션어를 사용하셨다. 80년 넘는 세월의 풍파를 견디며 몸에 밴 할머님만의 지혜롭고 섬세한 언어였다. 타인의 배려를 거절하지 못하게 만드는, 그야말로 '거절할 수 없는 다정함'의 기술이었다.

더 놀라운 것은 그 순간을 놓치지 않은 아버님의 한마디였다. "방금 들었니? 할머니가 이렇게 따뜻한 분이시란다." 자칫 찰나의 소음으로 스쳐 지나갈 수 있는 배려를 알아채고, 그것에 귀한 이름을 붙여주는 아버님의 시선을 보며 나는 또 하나의 깨달음을 얻었다. 다정함은 행하는 것만큼이나 그것을 '발견하는 눈'이 중요하다는 사실을 말이다. 선풍기 바람의 방향을 바꾸는 소박한 마음이 누군가의 입술을 통해 언어로 기록될 때, 비로소 그 다정함은 우리 사이를 연결하는 강한 끈이 된다.

인류학적인 관점에서 보아도 다정함의 위력은 경이롭다. 인류의 조상인 '오스트랄로피테쿠스 아프리카누스'의 유골 중 부러진 다리뼈가 다시 붙은 흔적은 학계에 큰 충격을 주었다. 야생의 세계에서 다리가 부러진다는 것은 곧 죽음을 의미한다. 포식자로부터 도망칠 수도, 먹이를 구할 수도 없기 때문이다. 하지만 그 뼈가 다시 붙었다는 것은 누군가 곁에 머물며 먹을 것을 나누고, 맹수의 위협으로부터 그를 지켜내며 회복의 시간을 함께 견뎌주었다는 증거다. 고고학자 마거릿 미드는 '문명의 첫 번째 증거'로 도구의 발견이 아닌, 바로 이 '치유된 대퇴골'을 꼽았다. 누군가의 부러진 다리를 기꺼이 기다려준 마음, 그 다정함이야말로 인간을 인간답게 만든 문명의 시작이었다.

여기서 우리는 흔히 오해하곤 하는 한 문장을 다시 읽어야 한다. 진화생물학자 찰스 다윈은 이렇게 말했다. "가장 강한 종이 살아남는 것이 아니라, 가장 잘 적응하는 종이 살아남는다." 우리는 흔히 '적응'을 타인을 짓밟고 일어서는 냉혹한 약육강식의 논리로 이해하곤 한다. 하지만 인류의 역사에서 진정한 적응이란 곧 서로를 향한 돌봄과 협력이었다. 결국 가장 잘 적응한 종이란, 가장 다정하게 서로를 지켜내며 공존의 길을 찾은 종을 의미한다. 다정함은 결코 유약한 자들의 무른 마음이 아니다. 오히려 각박한 세상의 소음 속에서도 자신의 온기를 나누기로 선택한 강인한 자들의 가장 고도화된 생존 전략이다.

나는 다정한 사람이 마지막에 웃을 수 있다고, 결

국 이긴다고 굳게 믿는다. 거창한 혁명이 세상을 바꾸는 것이 아니라, 굴곡진 인생의 오르막길에서 서로의 부러진 다리를 기다려주고, 선풍기 바람의 방향을 슬쩍 바꿔주는 그 작은 마음들이 모여 세상을 바꾼다. 다정함은 우리가 세상을 향해 내밀 수 있는 가장 품위 있는 저항이자, 끝내 우리를 승리하게 할 유일한 길이기 때문이다. 당신의 다정함은 결코 헛되지 않다. 그것은 예상치 못한 순간에 반드시 당신에게로 돌아와, 당신이라는 세계를 지탱하는 가장 깊고 단단한 기둥이 되어줄 것이다.

다정함은 '내리사랑'과도 같다. 위에서 아래로, 강한 지에서 약한 지로, 어른에서 이이로 전해지는 그 따뜻한 감정은 우리 사회를 더욱 안전하고, 지속 가능하게 만든다. 부모의 다정함을 받은 아이는 타인을 공감할 수 있는 어른이 되며, 직장 상사의 다정한 피드백은 팀원에게 자존감을 불어넣는다. 그 다정함이 결국 세상을 만든다. 세상을 바꾸는 것은 거대한 시스템도, 탁월한 전략도 아닌, 바로 '다정한 사람들'의 조용한 행동이다. 오늘도 나는 할머니의 다정한 말씀을 되새겨본다.

"요렇게도 해볼까?"

다정함은 향수를 닮아 있다

손꼽아 기다린 주말이 되면, 동네 하나를 정해 카페 투어를 떠난다. 잔뜩 기대를 품고 찾아간 카페라도, 직원의 퉁명스러운 말투 하나에 모든 설렘이 꺼져버린다. 결국 나는 조용히 음료를 테이크아웃으로 바꿔 주문하고, 얼른 그 자리를 벗어난다. 좋은 공간에 훌륭한 디저트의 맛보다, 누군가의 말 한마디가 주말 하루의 온도를 결정짓곤 한다.

반대로, 아무런 기대 없이 들른 곳에서 따뜻한 말 한마디와 환한 눈인사를 받으면 그 경험은 오랫동안 잊히지 않는다. 그 온기가 공간 전체를 채운다. 그리고 나는 사랑하는 사람들에게 그 공간을 자랑한다. "여긴 정말 괜찮아." 그 말속에는 그날 받았던 다정함이 고스란히 녹아 있다.

돌이켜 보면, 커피 맛이 특별해서가 아니라 커피를 건네는 사람의 눈빛과 말투, 마음이 특별해서 다시 가고 싶어지는 것 같다. 사람도, 공간도 결국은 '태도'에서 본질이 결정된다고 믿는다. 그 태도가 바로 다정함이다.

심리학자 루이스 헤이Louise L. Hay는 인간관계에서 가장 중요한 자세에 관해 이렇게 말했다. "사람을 대할 때는 마음을 담아야 한다. 그 마음이 곧 설득이다." 다정함은 눈에 보이지 않지만 기분 좋은 향수처럼 공기 중에 은은히 퍼져 상대방의 마음에 닿는다.

그 다정함을 받은 사람은 어느새 조금 더 부드러운 표정으로 돌아선다. 이런 작고 조용한 파동이 사람과 사람 사이를 타고 전해지며 결국 오래도록 우리에게 따스한 잔상을 남긴다. 그래서 나는 나의 삶에도 그런 향기를 뿌려야겠다고 생각한다. 애써 어렵게 하지 않아도 된다. 낯선 사람에게 살짝 뿌려주기만 해도 그 사람의 하루에 부드러운 흔적을 남길 수 있다.

단단한 사람이 되는 것도 좋지만, 향기로운 사람이 되는 건 더 아름다운 일이다. 나는 부디 누군가의 기억 속에 '그 사람, 참 다정했지'라고 남고 싶다.

부드러운 사람은 결코 약하지 않다

우리는 종종 다정한 사람을 여유로운 사람이라고 생각한다. 삶이 순탄하고, 가진 것이 많고, 마음에 빈틈이 없는 사람이라서 그렇게 부드럽게 말하고 친절할 수 있다고 믿는다. 하지만 나는 그렇게 생각하지 않는다. 오히려 그런 태도는 결핍에서 비롯된다. 상처를 지나온 이들이 만들어 내는 결과에 가깝다.

말 한마디에 누군가가 얼마나 쉽게 다칠 수 있는지, 어떤 하루가 얼마나 벅찰 수 있는지를 온몸으로 겪은 사람은 쉽게 상처 주는 말을 꺼내지 않는다. 그런 사람일수록 겉으론 여유로워 보여도, 말의 온도를 끝까지 조율하고 감정의 균형을 놓지 않기 위해 늘 긴장 속에 살아간다.

데일 카네기는 말했다. "누구나 자신의 고통을 이해해 주는 사람 앞에서만 마음을 연다." 그 말처럼, 진심 어린 태도는 결국 이해에서 비롯된다. 겪어보지 않은 사람은 쉽게 말한다. "그 정도면 참을 수 있잖아", "그건 네가 예민해서 그런 거야." 하지만 누군가는 안다. 그 '정도'가 사람마다 얼마나 다를 수 있는지. 자신에게는 아무 일 아닌 것이 누군가에게는 하루를 무너뜨릴 수 있다는 것을.

그래서 나는 그런 사람을 쉽게 여기지 않는다. 그들은 단순히 성격이 좋은 사람이 아니라, 수많은 감성의 부침을 통과해 지금의 온도를 만들어 낸 사람들이다. 그 다정함은 노력의 결과고, 상처를 껴안은

태도이며, 절대 가볍지 않은 무게를 품은 진짜 감정
이다.

그런 사람을 보면 나는 마음속으로 고개를 숙인
다. 아, 저 사람은 싸우지 않기로 선택한 사람이구
나. 세상 앞에서 부드럽게 말하기로, 사람들 앞에
서 온기를 품기로 결정한 사람이구나. 그 따스함은
결코 약하지 않다. 다정함은 단단함을 품은 유연함
이다.

그래서 나는 그런 다정함을 더 믿는다. 그런 다정
함이 있는 사람을 결코 얕보지 않는다. 그건 살아온
시간과 태도가 만든 가장 깊은 온도이기 때문이다.
결국, 다정함에는 세상을 변화시키는 힘이 있다. 누
군가의 작은 다정함이 누군가의 하루를 바꿀 수 있
고, 그 하루가 모여 삶을 변화시킬 수 있다는 믿음
이, 나를 앞으로 나아가게 한다.

다정함은 노력의 결과고,
상처를 껴안은 태도이며,
절대 가볍지 않은 무게를 품은
진짜 감정이다.

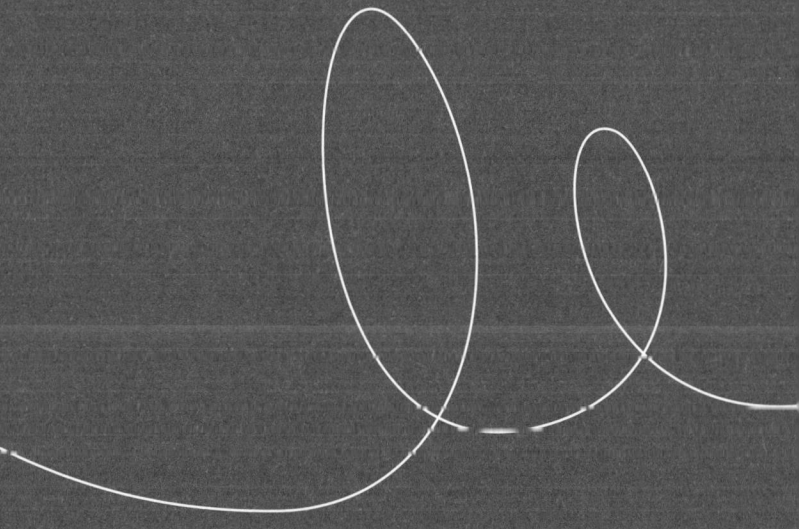

자기 자리를 지키는 사람의 단단함

배우 윤여정의 인생을 거슬러 올라가면, 정말 꽉 안아주고 싶을 만큼 거친 인생의 여정이 존재했다. 미디어에서 보여진 그녀는 연예계에서 흔히 말하는 '센 언니'로 비춰지지만, 사실 그녀는 자기 목소리가 분명한 사람이다.

윤여정 선생님은 자신의 삶에서 수많은 도전을 겪었다. 이혼이라는 아픔, 한부모 가정의 가장으로 살아온 시간들. 그 모든 고단한 여정을 지나오며 그녀는 인생의 불행과 결핍을 자기 연민이 아닌 작품에서의 노련한 감정으로 표현했다. 그녀의 다정함은 누군가에게 맞추는 친절이 아니라, 스스로를 지키는 단단한 태도에서 비롯된다.

영화 〈미나리〉로 아카데미상을 수상했을 때, 그녀는 겸손하고도 유쾌한 수상 소감을 전했다.

"저는 경쟁을 믿지 않습니다. 제가 어떻게 글렌 클로즈를 이기겠어요? 우리는 각자의 영화에서 승리자들입니다. 오늘 밤 저는 운이 조금 좋아서 여기 있을 뿐입니다. 아마도 여러분보다 제가 운이 더 좋은가 봅니다."

그녀의 수상 소감은 전 세계를 웃겼고, 동시에 울렸다. 그녀의 말속에는 그간의 인생이 담겨 있었다. 힘든 순간들을 지나오며 얻은 깨달음과 사람을 향한 진심은 그녀에게 깊은 울림을 주었다. 그녀의 다정함은 '중심이 있는 태도'에서 온다. 흔들리지 않되 부드럽게 말하는 사람. 감정을 쏟기보다는 감정을 다스리는 사람이다.

우리는 종종 착한 사람과 다정한 사람을 혼동한다. 그녀의 다정함은 단순히 남을 배려하는 것이 아니라, 자신의 감정과 경험을 솔직하게 드러내는 데서 비롯된다. 그녀의 삶의 이야기를 통해 느꼈던 것처럼, 다정함은 결국 자존감에서 온다. 그리고 자존감은 '나를 아끼는 마음'에서 시작된다. 그녀의 진정한 다정함을 통해 다정하되 자기다움을 잃지 않는 것이 중요하다는 것을 배운다.

윤여정 선생님의 여정은 우리에게 중요한 교훈을 준다. 자신의 아픔을 감추지 않고 솔직하게 드러내는 것, 그리고 그 속에서 다정함을 잃지 않는 것. 그런 삶의 태도는 주변 사람들에게도 긍정적인 영향을 미친다. 다정함은 단순한 친절이 아니라, 자신을 사랑하고 존중하는 방법이기도 하다.

그녀의 이야기를 통해 우리는 진정한 다정함이 무엇인지 다시 한번 생각해 보게 된다. 삶의 고난과 역경 속에서도 누군가에게 따뜻한 마음을 전할 수 있는 용기를 가지게 된다면, 세상은 조금 더 따뜻해질 것이란 희망도 품게 된다. 그녀의 단단한 다정함처럼, 나도 그런 사람이 되고 싶다.

후회에 지지 않고 오늘을 사는 일

"이번 경쟁 PT에서 아쉽게 2등을 했네요." 2023년, 우리 회사는 공기관 경쟁 PT에 가장 많이 참여했던 해였다. 하지만 수주율은 10%에 불과했다. 10번의 제안서 중 9번이 떨어진 것이다. "어디까지 떨어지나 보자"라는 오기가 발동해 계속 도전했나 보다. 이 글을 통해 그 해 함께 고생한 팀원들에게 감사의 마음을 전하고 싶다.

하나의 프로젝트에 제안서를 준비하려면 적어도 4명의 팀원이 2주간 야근을 하며 70페이지가 넘는 제안서를 작성해야 한다. 이 과정에서 아이디어는 산으로 가거나 고갈되고, 좋은 아이디어를 위해 며칠 밤을 새우기도 한다. 아침에 예쁘게 하고 나온 화장은 엉망이 되기 일쑤며, 긴장감에 입술을 물어뜯는 것은 매일 일어나는 일이었다. 그렇게 우리가 쏟은 200시간은 단 15분 만의 프레젠테이션 발표 후, 결과는 딱 한 줄로 통보된다. 경쟁 PT에서 우선협상자로 선정되지 않으면, 2등부터는 사실상 탈락이라는 결과를 맞이하게 된다.

이런 경험은 때때로 도망치고 싶을 만큼 부담스럽고 실망스럽다. '이게 번아웃인가? 뒷골이 당기는 게, 현기증인가?' 하는 생각이 들 정도로 스트레스가 쌓인다. 그럼에도 불구하고 지나간 시간을 되돌아보려 하지 않는다. "1등과의 근소한 차이인 0.2점이었으니, 어떤 부분을 보완할 수 있을까?" 이야기하며 쿨하게 팀원들 앞에서 웃어 보인다. 그러면 그들도 나와 닮은 씁쓸한 웃음과 함께 다음 프로젝트에 집중하는 척을 해준다.

소모적인 일 같지만, 이 과정은 분명히 우리를 앞으로 나아가게 하는 중요한 과정이었다. 고통스러운 2등을 벗어나기 위해 자기 성찰을 먼저 하기로 했다. 그 결과, 작년부터 우리의 제안서는 수주율 90%를 기록하며, 미팅 자료와 제안서 작성에 있어 확실한 성공의 법칙을 만들어 냈다.

"No Pain No Gain"이라는 말처럼, 인간은 고통과 자아 성찰을 통해 성장한다. 성장은 공평하게 격차를 만들어 간다. 끊임없이 다가오는 도전에도 불구하고, 후회에 짓눌리지 않고 현재를 살아가는 것이 얼마나 중요한지를 깨닫게 된다.

어려운 순간 속에서도 서로를 지지하며 함께 나

아가는 것이 얼마나 큰 힘이 되는지를 잊지 않아야 한다. 결국 실패와 좌절 속에서도 우리는 성장할 수 있는 기회를 찾고, 그 경험이 우리를 더 강하게 만들어 준다는 것을 명심해야 한다.

인간은 종종 보이지 않는 적과 싸우며 에너지를 소모한다. 그 적은 다른 누구도 아닌, 바로 자기 자신일 때가 많다. "아, 그때 내가 왜 그랬을까." 후회는 끊임없이 되풀이되는 내면의 갈등이다. 상대도 없이 혼자 주먹을 휘두르는 섀도복싱처럼, 이 싸움은 누구보다 지치고 쓰러지기 쉬운 싸움이다. 현실의 문제보다 훨씬 날카롭고, 고단하다. 끝없는 자책, 의미 없는 상상 속 충돌, 해결되지 않은 감정이 우리를 조용히 잠식해 간다.

쇼펜하우어는 "우리는 과거의 실수로부터 배우지만, 그 실수에 얽매여서는 안 된다"라고 말했다. 그의 말은 우리가 살아가며 마주하는 후회와 자책의 감정이 얼마나 무의미한 고통의 되풀이일 수 있는지를 경고한다. 후회는 성장의 발판이 될 수 있지만, 그 감정에 빠져 허우적대는 순간 현재의 삶은 멈춰 버린다. 우리는 이미 지나간 일로 스스로를 벌하고 있는지도 모른다. 그렇게 지금 이 순간의 행복을 잃고, 또 다른 후회를 쌓아간다.

세계적으로 유명한 철학가이자 불교 스님인 틱낫한Thich Nhat Hanh 스님은 "마음은 끊임없이 움직이며, 그 움직임을 조용히 바라보는 것이 중요하다"라고 말했다. 마음의 불안과 죄책감을 억누르기보다는, 그것을 부드럽게 바라보고 다독이는 태도가 필요하다. 무언가를 잊기 위해 애쓰기보다, 잊지 않아도 괜찮다는 평온함이 진짜 해방이다. 끊임없이 자신을 채찍질하던 마음이 조용해질 때, 우리는 처음으로 나 자신을 온전히 이해할 수 있다. 새도복싱을 멈추는 첫걸음은 그렇게 마음을 바라보는 일에서 시작된다.

못난 나를 이기는 건 완벽한 내가 되는 것이 아니다. 불완전한 나를 이해하고, 조금씩 다독이며 함께 살아가는 것이다. 우리는 흔히 '나답지 못한 순간'을 부끄러워하지만, 어쩌면 그 순간들이야말로 진짜 '나'일 수 있다. 넘어지고 후회하고 다시 다짐하는 과정의 반복일지라도, 그 안에서 우리는 계속해서 자라고 있다. 한 걸음씩 나아가는 존재, 그것만으로도 충분히 괜찮다. 그렇게 나 자신을 부드럽게 감싸 안는 연습을 해나갈 때, 과거는 더 이상 발목을 잡는 장애물이 아니라 내 길을 단단히 만들어 준 디딤돌이 된다.

삶은 누구노 보지 않는 링 위에서 자신과 마주하는 과정이다. 그러니 이제는 섀도복싱을 멈추자. 링

밖으로 나와 햇살을 마주할 수 있는 용기, 그 용기 하나면 충분하다. 완벽하지 않아도 괜찮고, 때때로 흔들려도 괜찮다. 중요한 건, 그 싸움에서 벗어나 스스로를 끌어안는 순간이다. 그때 비로소 우리는 진짜 평화를, 그리고 진짜 나를 만날 수 있다.

못난 나를 이기는 건
완벽한 내가 되는 것이 아니다.
불완전한 나를 이해하고,
조금씩 다독이며
함께 살아가는 것이다.

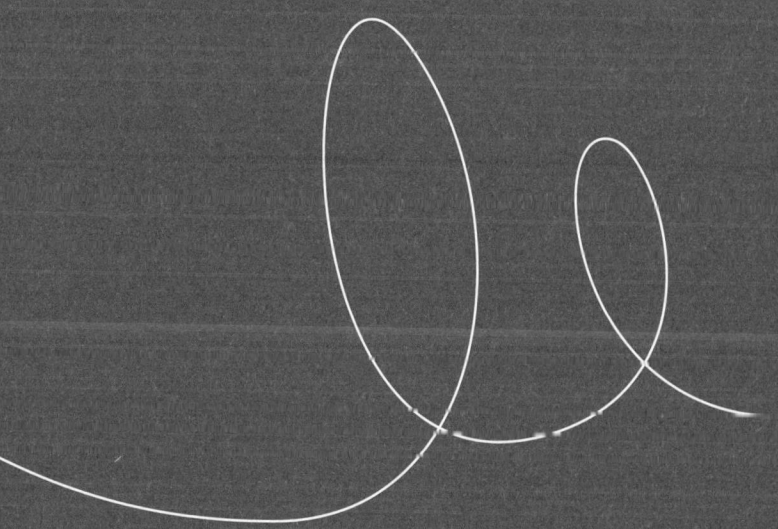

기분이란 얼마나 연약한 존재인가

기분은 변덕스럽다. 아침에 눈을 떴을 때, 알람처럼 애교를 부리는 강아지 덕분에 웃음이 난다. 그런데 이내 창밖으로 들리는 빗소리에 괜히 마음이 울적해지기도 한다. 별일 아닌 것들에 감정은 출렁인다. 기분이란 변덕스럽고 연약한 존재다.

일상에서 별다른 일이 없어도, 어제는 좋았다가 오늘은 예민해진다. 바깥 온도, 지나가다 들은 말 한마디, 커피 한 모금, 혹은 오래된 기억이 불쑥 떠오르면 기분은 이리저리 흔들린다.

그래서 늘 기분이 좋아 보이는 사람을 보면 대단하다고 느낀다. 단순히 '좋은 척'하는 것이 아니라, 생각의 흐름 자체가 자연스럽게 긍정적인 사람들. 에너지가 일정하고, 어떤 상황에서도 좋은 점을 먼저 찾는 사람들. 그들은 단단한 내면을 지닌 강한 사람들이다.

그들에게 "뭐가 그렇게 좋아?"라고 물으면 "안 좋을 이유가 없잖아"라고 대답한다. 그 말에 나는 종종 멈칫한다. 내가 세상을 기분 좋게 느낄 수 있었던 순간들을 돌이켜본다. 결국 '시선의 차이'였다. 똑같은 풍경도 어떤 이는 감탄하고 어떤 이는 투덜댄다. 누군가는 갖지 못한 것만 보지만, 또 다른 누군가는 가진 것을 음미한다. 그 차이는 거창한 철학이 아닌 일상을 바라보는 습관에서 비롯된다.

이성적으로는 당연한 이야기다. 지금을 충분히

느끼고, 작은 것에 감탄하는 것. 하지만 실제로 그렇게 살아가기란 참으로 어려운 일이다. 우리는 쉽게 걱정에 끌려다니고, 어제의 실수에 발목 잡히고, 내일의 불확실성 앞에 맥없이 휘둘리기 때문이다.

그러니 '기분 좋게 사는 것'은 단순한 감정의 결과가 아니라 생각의 방향을 직접 잡아가는 삶의 태도가 된다. 좋음과 좋지 않음의 갈림길에서 언제나 좋음을 선택하는 연습. 그 선택을 매일 훈련하는 삶을 살아간다.

마냥 순수한 얼굴을 띄고 이렇게 말할 수 있는 어른이고 싶다.

"그냥 좋아, 좋지 않을 이유가 없잖아?"

나는 나에게 속지 않기로 했다

글을 쓴다는 건 나를 알아보는 일이다. 단순히 생각을 정리하는 것이 아니라, 내 감정을 정확하게 짚어내는 작업이다. 그 덕분에 나는 단순히 "힘들다"라는 말로 나를 퉁치지 않게 되었다. 무엇이 나를 힘들게 하는지, 그 원인을 차근히 추적해 나갈 수 있기 때문이다.

사람들은 흔히 '겉 감정'에 속는다. 예를 들어 '화가 난다', '불안하다', '기운이 없다'라는 감정들은 감기처럼 표면에 드러난 증상일 뿐이다. 기침이 난다고 감기의 원인이 무조건 기관지 문제는 아니듯, 겉 감정은 언제나 속에 숨어 있는 더 깊은 감정이 원인 일 수 있다.

그러나 우리는 너무 자주 그 겉 감정에 휘둘린다. 스스로를 정확히 진찰하지 않으면 맞는 처방도 내려 지지 않는다. 그러니 문제의 본질과는 점점 멀어지 고, "그냥 힘들어", "다 짜증 나", "그냥 하기 싫어" 같 은 말로 스스로를 가둬버린다. 주변 사람들도 마찬 가지다. 그저 내 말을 투정쯤으로 여기고 넘기고 만 다. 하지만 나 자신만큼은 나를 섬세하게 진찰할 줄 알아야 한다.

그래서 나는 글을 쓴다. 혼란한 감정 속에서 뭉뚱 그려진 감정을 하나하나 해체해 본다. 단순히 "불안 하다"라고 말하기보다는, 여러 가지 일을 앞두고 있 어 막막한 것인지, 어제의 실수로 인해 자책이 올라

오는 것인지, 오랫동안 미뤄온 일을 마주해야 한다는 두려움 때문인지 차근차근 감정의 얼굴이 선명해지기 시작한다.

모자이크처럼 흐릿했던 마음이 연필 스케치처럼 또렷하게 그려진다. 그 순간, 나에게 정확한 처방을 내려줄 수 있다. 무엇이 원인이었는지 알게 되었고, 어떤 행동을 취해야 할지 보이기 시작한다. 이해는 곧 추진력이 된다.

이제 나는 감정의 안갯속에서 길을 잃지 않는다. 나는 나의 속 감정을 들여다본다. "왜 그렇게 불안했어?", "왜 일을 미뤘지?", "왜 친구에게 그런 말을 했던 걸까?" 이 질문들은 나를 책임지기 위한 문장이다. 내가 나를 사랑하는 방식이며, 나를 성장시키는 대화이다.

잠시 멈춰 호흡을 고르고, 내 마음을 있는 그대로 바라볼 수 있는 시간을 가질 수 있다면, 우리는 언제든 다시 땅을 딛고 일어설 수 있다. 나는 이제 나에게 속지 않기로 했다. 감정의 표면만 보고 길을 잃는 대신, 마음의 깊은 곳을 들여다보기로 했다. 그리고 믿는다. 그렇게 나는 내가 정말 원하는 방향으로 한 걸음씩, 나아갈 수 있을 거라고.

무리하지 않는다

"이젠 무리하지 않습니다."

예전의 나는 뭐든 끝까지 해내야 직성이 풀리는 사람이었다. 야근을 밥 먹듯이 하고, 달리기를 하면 지칠 때까지, 넘치게 해야 성에 찼다. 하지만 지금은 다르다. 내 체력의 한계를 알게 되었다. 반복된 야근으로 무리하고 나면 컨디션이 몇 날 며칠은 회복되지 않고, 운동을 조금만 과하게 해도 피부에 발진이 생긴다. 면역력이 곤두박질치고, 심성도 함께 무너져 내린다. 그렇게 알게 되었다. 오래 뛸 수 없는 몸이라는 것, 그리고 그것이 결코 뒤처지는 것이 아니라는 것을.

악착같이 버티고 악바리처럼 해내야만 가치 있다는 지독한 고정관념을 버렸다. 모든 걸 다 해낼 수 있을 것 같은 오기와 오만도 내려놓았다. 지금은 '할 수 있는 만큼, 그러나 꾸준히' 하는 것을 선택한다. 성장과 열정이라는 단어를 기대한 누군가에게는 다소 맥 빠지는 이야기일 수 있다. 그러나 솔직히 말하자면, 무리하지 않는 이 삶이 나를 지탱해 준다. 그리고 꾸준함을 가능하게 해준다.

무리를 해서 얻은 반짝이는 성취보다, 무너지지 않고 계속 이어가는 날들이 내게는 훨씬 더 소중하다. "지치지 않고 멀리 가려면, 때로는 속도를 늦추는 것이 지혜다"라는 데일 카네기의 말처럼, 무리하지 않는 생활은 번아웃이라는 벼랑을 멀리하게 한다. 계속 달리는 대신, 멈춰서 숨을 고를 줄 아는 사람만이 자기의 길을 끝까지 걸어갈 수 있다.

요즘 나는 내 '긍정의 총량'에도 한계가 있다는 것을 인정한다. 누구에게나 다정할 수 없고, 모든 상황에 친절할 수 없다. 그래서 내 다정함을 낭비하지 않는다. 내가 사랑하고 지키고 싶은 사람들에게 집중한다. 무리하지 않고 살아가는 이 삶 속에서 나는 진짜 어른의 용기를 배운다. "나의 한계를 인정하는 것, 그리고 그것을 지켜주는 것." 이것이야말로 나를 지키는 첫 번째 권리이다.

나는 오래오래 피어 있고 싶다. 계절에 맞춰 피어나는 꽃처럼. 누군가 잠시 쉬어 갈 수 있는 그늘 같은 사람이 되고 싶다. 그렇기에 오늘도 속도를 조절하며 살아간다. 우직하게, 나의 속도로, 무너지지 않도록.

혹시 당신, 지금 무리하고 있진 않은가? 혹시 내려놓아야 할 고정관념이 있다면, 오늘 그 짐을 조금 덜어보길 권한다. 지금 멈춘 그 자리가 가장 단단한 출발점이 될지도 모른다.

〈나를 지켜내는 체크리스트 10〉

1. 오늘 하루, 단 한 번이라도 내 숨소리에
   귀 기울였는가.
   숨이 가빠지면 멈추고,
   천천히 다시 걸어도 괜찮다.

2. '지금 이건 내 몫이 아니야'라고 느끼는
   일을 정중히 거절했는가.
   거절은 때때로 나를 존중하는
   가장 단단한 선택이다.

3. 아프다고 말할 수 있는 용기를 가졌는가.

   괜찮지 않아도 괜찮다.
   당신의 고백은 약함이 아니라 용기다.

4. 오늘 나를 칭찬해 주는 말을 스스로에게
   선넸는가.

   작게라도 해낸 일이 있다면,
   그건 충분히 기특하다.

5. 누군가의 시선보다 내 리듬에 집중했
   는가.

   빠르게 가는 것이 옳은 길은 아니다.
   나의 속도가 정답일 수 있다.

6. 나의 몸과 마음에 '지금 필요한 건 휴식
   이다'라고 알려주었는가.

   잘 쉬는 것도 해야 할 일 중 하나다.

7. 소중한 사람과 다정한 눈빛을 나누었
는가.

다정함은 에너지를 쓰는 것이 아니라,
마음을 나누는 일이다.

8. 무엇을 놓아야 더 멀리 갈 수 있을지를
고민했는가.

내려놓음은 포기가 아니라 선택이다.

9. 지금의 나를 과거의 나와 비교하지 않았
는가.

어제보다 더 괜찮은 나로 살아가고 있다면,
그것이면 충분하다.

10. 오늘도 살아낸 나를 위로했는가.

무너지지 않고 여기에 있는 당신이 참 고맙
다. 정말 잘하고 있다.

무리를 해서 얻은
반짝이는 성취보다,
무너지지 않고
계속 이어가는 날들이
내게는 훨씬 더 소중하다.

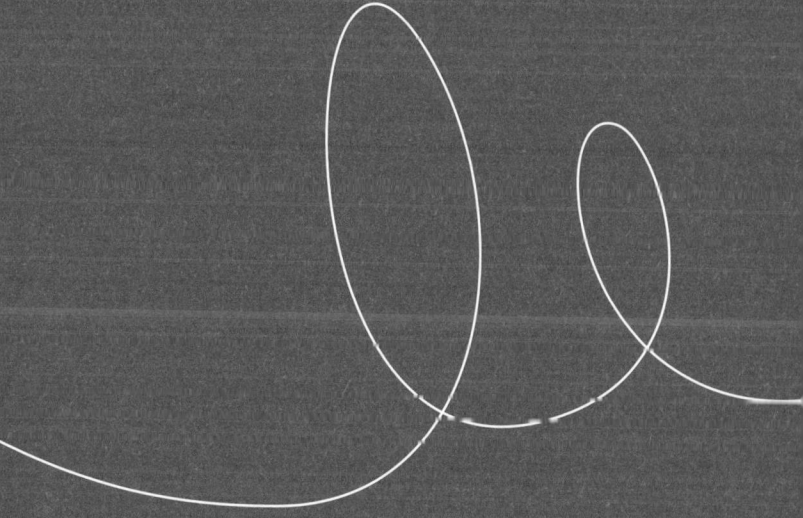

나에게 왜(Why)를 다섯 번 묻는 일

주말이면 나는 어김없이 밖으로 나간다. 어디론가 훌쩍 떠나는 것은 아니다. 서울 어딘가, 누군가의 일상이 흐르는 카페나 거리, 골목을 걷는다. 단순한 산책이 아니라 관찰이다. 사람을 본다. 브랜드를 본다. 어떤 메시지가 사람들의 시선을 끌고 있는지, 어떤 언어가 반응을 얻고 있는지, 그리고 무엇보다 '사람들이 지금 뭘 고민하고 있는지'를 살핀다.

그래서 나는 주말마다 인스타그램에 '무물'을 연다. '무엇이든 물어보세요.' 그 질문 창 속으로 사람

들의 진심이 쏟아진다. 익명이 주는 용기 덕분에, 말
못 하던 마음속 이야기들이 하나둘씩 튀어나온다.
나는 그것들을 읽으며 마케터가 아니라, 한 사람으
로서 마주 앉는다.

그중 유독 자주 등장하는 질문이 있다.

"일이 너무 하기 싫어요. 근데 뭘 하고 싶은지도
모르겠어요."

이 질문을 받을 때마다 나는 잠시 멍해진다. 진심
으로 고민이 된다. 멋진 말로 포장하고 싶지 않다.
꿈을 좇으라는 말이나 열정을 불태우라는 말을 하
고 싶지 않다.

그래서 나는 상상 속에서 그 사람과 마주 앉는다.
그리고 아주 천천히, 다섯 번의 질문을 던진다.

"왜 일을 하기 싫어요?"

"같은 부서의 상사가 너무 일을 못 해요."

"왜 그 상사에게 스트레스를 받아요?"

"그 사람에게 컨펌을 받아야 하니까요."

"왜 컨펌을 받아야 해요?"

"제가 아직 1년 차라서요. 5년 차인 그 사람의 승인이 필요해요."

"왜 5년 차 상사가 답답하게 느껴져요?"

"제가 일하는 속도가 훨씬 빠르다고 느껴요."

"왜 그 회사, 그 부서에 꼭 머물러야 해요?"

"부서를 옮겨달라고 말하기가 민망하거든요."

그리고 마지막으로, 나는 한 번 더 묻는다.

"왜 그 회사에 있어야 해요?"

"사실은 이 회사에서 3년 이상 일하고 싶어요. 저는 제 일을 좋아하거든요."

그렇다면 이제 선택은 명확하다. 민망함이냐, 내 커리어냐.

당신의 인생은 당신이 서사를 써 내려가는 것이다. 누가 대신 써주는 것도 아니고, 감정 하나에 통째로 휩쓸려 버릴 수 있는 것도 아니다.

이 루틴을 추천하는 이유는 단순하다. "왜?"라는 질문을 다섯 번만 하면, 신기루처럼 고민의 본질에 닿을 수 있기 때문이다. 고민이 모호하게 떠 있을 때 우리는 무기력해진다. 하지만 질문을 반복하면 그 흐릿한 고민이 선명한 언어로 바뀐다. '아, 내가 지금 이 상황이 답답한 건 단순히 일이 싫은 게 아니라,

민망함이라는 감정이 내 앞을 막고 있었구나.' 그걸 깨닫는 순간, 해결책은 손에 잡힐 듯 가까워진다.

나는 이 루틴을 '생각 정리'가 아니라 '나와의 대화'라고 부른다. 자기 대화가 습관이 되면 내 마음을 오해하지 않게 된다. 괜한 감정에 휩쓸려 현실을 그르치지 않게 된다.

질문은 집착이 아니다. 질문은 집중이다. '왜 이러지?'라는 고민을 '이래서 그렇구나'라는 이해로 이끄는 힘. 그게 바로 꼬리에 꼬리를 무는 질문의 힘이다.

그렇기에 나는 오늘도 관찰하고, 듣고, 그리고 묻는다. 왜? 왜? 왜? 왜? 왜? 그 다섯 번의 질문이 때로는 한 사람의 다음 스텝이 되기도 하니까.

나는 변명하지 않기로 했다

요리 경연 예능 프로그램인 〈흑백요리사〉는 단순히 재미를 떠나 나에게 큰 자극을 주었다. 그들의 진지한 요리 대결을 보며, 그 안에서 '인생을 대하는 태도'를 배웠다. 특히 팀으로 진행되는 대결에서 제한된 시간과 자원, 그리고 긴장감 속에서도 승리를 만들어내는 셰프들을 보며 존경의 마음이 들었다.

그들은 이렇게 말한다. "전문가는 변명하지 않는다." 처음에는 이 말이 좀 차갑게 느껴졌다. 하시만 그들이 요리하는 모습을 지켜보며, 나는 이 말의 진짜 뜻을 이해하게 되었다. 주어진 조건은 늘 완벽하지 않다. 시간은 부족하고, 재료는 엉망일 때도 있다. 그러나 프로들은 절대 환경 탓을 하지 않는다. 변명하는 대신, 그들은 집중한다.

억울해할 시간에 칼을 들고, 서운해할 시간에 불을 조절한다. 그들은 상황을 받아들이고, 결과로 말하는 법을 배운 사람들이다. 그런 태도는 무작정 단호하거나 고집스러운 것이 아니다. 〈흑백요리사〉의 셰프들은 결정적인 순간에 빠르게 결단을 내리지만, 그 결정을 내리기까지 수년간의 내공을 쌓아온 사람들이다. 그리고 결정을 내린 후에는 뒤돌아보지 않고 책임을 진다.

나를 돌아보았다. 나는 얼마나 자주 변명을 했던가. 상황이 안 좋았다고, 기분이 그랬다고, 운이 안 따라줬다고. 하지만 이제는 알게 되었다. 변명은 '지금 해야 할 일'과 나 사이를 가로막는 감정이라는 것을. 억울함, 자책, 합리화. 그 모든 감정은 '할 수 없었다'라는 증거가 아니라 '하지 않기로 선택했다'라는 증명일지도 모른다.

그래서 나는 다짐했다. 변명하지 않기로. 완벽하지 않더라도 지금 할 수 있는 최선을 다하기로. 냉소적으로 뒤로 물러나는 대신, 불편한 상황 앞에서 차분하게 내 몫을 다하는 사람으로 살아가기로 결심했다.

그리고 무엇보다, 전문가이되 인간적으로 다정한 사람이 되기로 했다. 〈흑백요리사〉의 셰프들은 실력만 좋은 사람들이 아니었다. 위기의 순간에도 동료를 믿고 존중하며, 조금이라도 여유가 생기면 박수로 격려했다. 주방 안의 긴박함 속에서도 그들은 온화함을 잃지 않았다.

그 태도는 단순한 성격의 문제가 아니라, 실력의 일부였다. 자신의 손에 쥐어진 칼끝만큼이나 동료에 대한 배려도 날카롭고 섬세했다. 그래서 나는 깨달았다. 내가 되고 싶은 사람은 무조건 이기려는 사람이 아니라, 흔들리는 순간에도 차분할 수 있는 사람이다. 할 말을 삼킬 줄 알고, 해야 할 말은 온기로 꺼내는 사람. 변명 없이도 존중받는 사람, 내가 만든 결과로 나를 증명할 수 있는 사람이다.

그런 사람이 되고 싶다. 그리고 그 출발점은 지금 이 순간, "나는 변명하지 않겠다"라고 입 밖으로 꺼내는 다짐에서 시작된다. 이 다짐이 나를 더욱 단단하게 만들고, 나의 다정함을 더욱 풍부하게 해줄 것이라 믿는다.

트라우마를 무기로 활용하는 법

혹시 당신에게도 트라우마가 있는가? 그 기억만 떠올려도 눈물이 나고, 말문이 막히며, 가슴이 답답해지는 순간 말이다.

트라우마라는 단어는 이제 낯설지 않다. 상담실 안에서만 나누던 단어가 이제는 일상적인 대화 속에서도 자주 등장한다. 하지만 나는 아직 극복하지 못한 트라우마를 함부로 꺼내지 않는다.

많은 이들이 상처를 콘텐츠로 만들고, 결핍을 드

라마로 승화시키는 시대에 우리는 너무 빨리 자신의 아픔을 '말'로 표현해야 할 것 같은 압박을 느낀다. 하지만 아직 극복되지 않은 트라우마는 '이야기'가 아니라 여전히 '상처'다. 그 상처는 조금 더 마음속에 품고 있어도 괜찮다.

이 글을 쓰며 영화 시나리오의 구조를 떠올린다. 기-승-전-결 속에서 결핍은 '기'에서 시작되지만, 진짜 클라이맥스는 그 결핍을 딛고 성장하는 '결'에서 완성된다. 그래서 우리는 콩쥐가 팥쥐에게 괴롭힘당한 장면에 몰입하고, 신데렐라가 유리구두를 신는 순간에 감동한다.

전 세계 시가총액 4위 기업 아마존(2025.06. 기준)도 1994년, 제프 베이조스가 시애틀 자택 차고에서 온라인 서점을 연 것이 시작이었다. 창고도, 물류도 없었다. 그 시작이 있었기에, 지금의 아마존은 하나의

'서사'로 남을 수 있었다. 만약 아마존이 애초부터 대형 유통기업이었다면, 감동은 없었을 것이다.

애플 또한 마찬가지다. 전 세계에서 가장 강력한 브랜드 파워를 자랑하는 이 기업의 시작은 스티브 잡스와 친구가 만든 차고 속 작은 컴퓨터였다. 그는 입양아였고, 가난했고, 결국 본인이 만든 회사에서 해고당했다. 그러나 그 모든 결핍은 그를 '혁신의 아이콘'으로 만든 원천이 되었다. 결핍이 없었다면, 그는 그저 '운 좋은 상속자'로만 기억되었을지 모른다.

결국 위대한 기업과 사람들의 진짜 스토리는 어니서부터 시작했는가에서 비롯된다. 결핍에서 출발했기 때문에 감동적이고, 극복했기에 위대하며, 바닥을 딛고 올라온 여정이 있었기에 전 세계인들의 공감과 존경을 받는 서사로 남게 되는 셈이다. 그래서 나는 감히 말하고 싶다. 트라우마가 있다는 것은 누군가에게는 서사의 씨앗이 될 수 있다. 그러나 그 씨앗이 아직 자라나지 않았고, 줄기가 약해 금세 꺾일지도 모른다면, 굳이 지금 꺼내지 않아도 괜찮다.

극복되지 않은 트라우마를 서사로 만들기엔 아직 시간이 필요하다. 왜냐하면, 세상은 극복된 이야기만을 듣고 싶어 하기 때문이다. 고통의 중간에 머물러 있는 이야기에는 쉽게 공감하지 못하고, 때로는 그 상처마저도 오해받기 쉬운 시대다.

그러니 스스로에게 이렇게 말해도 괜찮다. "나는 아직 이 이야기를 꺼낼 준비가 되지 않았다." 결핍에서 출발해, 그 끝에서 내가 나를 다시 일으켜 세운 이야기가 되었을 때, 그때 비로소 이 트라우마는 누군가에게 빛이 되고, 나에게는 자부심이 될 수 있다.

누군가에게 결핍은 말 못 할 고통이겠지만, 또 다

른 누군가에게는 가장 빛나는 이야기의 시작일지도 모른다. 당신의 트라우마가 아직 현재 진행형이라면, 그것은 아직 완성되지 않은 작품의 초안일지도 모른다.

조금 더 살아보며 천천히 써 내려가도 괜찮다. 당신의 삶은, 그 자체로 이미 충분히 멋진 이야기니까.

'현재'를 사는 일

결혼 전, 사람들은 내게 어떤 사람을 좋아하느냐며 '이상형'을 묻곤 했다. 그때의 나는 내가 바라는 타인의 조건들을 나열하기 바빴다. 하지만 결혼 후 질문은 바뀌었다. "왜 이 사람을 선택했나요?" 혹은 "어떤 확신으로 결혼을 약속했나요?"

각자의 세계가 모두 다르기에 나의 대답이 당신의 정답이 될 수는 없을 것이다. 하지만 우리 모두의 세계에 공평하고 동일하게 주어진 단 하나의 질료가 있다. 바로 '시간'이다. 누구에게나 공평하게 주어지지만, 누구도 똑같이 살지 않는 것. 시간이 변함에 따라, 또 우리가 삶을 대하는 태도에 따라 전혀 다른 모습으로 우리를 정의하게 된다.

시간의 구조는 단순하다. 과거, 현재 그리고 미래. 하지만 많은 이들이 이 명확한 구조 속에서 제자리를 찾지 못하고 방황한다. 어떤 이들은 '과거'에 살고 있다. 한 부류는 찬란했던 옛 기억의 향수에 취해 그리움으로 오늘을 버티고, 다른 부류는 돌이킬 수 없는 선택에 대한 후회와 한탄으로 오늘을 낭비한다. 이미 힘을 잃어버린 과거가 꽤 강력한 권력을 휘두르며 현재를 불행하게 만들고, 결국 인생 전체를 '지나온 시간'의 그림자로 만들어버리는 것이다.

나의 20대는 그 반대였다. 나는 철저히 '미래'를 위해 살았다. 내 20대의 모든 순간은 오직 더 나은 미래를 위한 '준비 단계'이자 '희생의 제물'이었다. 미래를 사는 사람들도 두 종류이다. 예전의 나처럼 '희망'에 기대어 "조금만 더 버티면 나아질 거야", "오늘 노력하면 미래엔 안정될 거야"라며 현재의 결핍을 위로하는 사람이 있고, 반대로 '불안'에 잠식되어 "지금 게을러서 나중에 망하면 어쩌지?", "지금 연애 안 해서 영영 혼자면 어쩌지?"라며 오지 않은 시간을 끌어와 오늘을 괴롭히는 사람도 있다. 그렇게 현재는 미래에 잠식되어, 삶은 과거와 현재가 실종된 채 '불투명한 미래'로만 점철된다.

그렇다면 당신은 지금 어디에 살고 있나? 과거에 젖어 현재를 놓치고 있나, 아니면 미래를 앞당겨 쓰느라 오늘을 소진하고 있나? 과거에 묶여 있거나 극단적인 미래를 꿈꾸는 이들에게는 '삶을 누릴 기회'가 주어지지 않는다. 하지만 주체적인 삶은 오직 '지금, 여기'에서만 피어난다. 주어진 현재는 과거가 남긴 유산인 동시에, 미래를 만드는 유일한 원인이기 때문이다.

우리는 '부재하는 삶'이 아니라 '현존하는 삶'을 살아야 한다. 내가 배고플 때 기꺼이 먹고, 졸릴 때 평온하게 잠들 수 있는 것. 타인의 시선이나 오지 않은 내일의 불안에 오늘을 저당 잡히지 않는 것. 현재를 사는 것. 그것이 바로 내 세계에 눈을 뜬 주권자로서 가질 수 있는 가장 다정한 태도이다.

지금. 여기. 우리는 비로소 행복에 살고 있다.

'나'로 살아가는 일

우리는 종종 "원해서 태어난 게 아니야"라며 무력감을 토로하곤 한다. 불행한 어린 시절의 그늘 아래 있을 때면, 나를 이 세상에 내놓은 부모를 원망하며 내 삶의 주권을 타인에게 넘겨버리기도 하고. 하지만 잠시 시선을 바꿔보면 또 다른 세상이 펼쳐진다. 당신은 결코 예고 없이 황야에 던져진 존재가 아니다. 그보다는 '당신'이라는 고유한 세상이 비로소 인간의 형상을 빌려 눈을 뜬 것에 가까울 것이다.

이처럼 우리는 세상에 '던져진' 것이 아니라, 나라

는 세계로 '깨어난' 것이다. 흔히 삶은 '나'와 '세상'이라는 두 축으로 이루어져 있다고들 한다. 하지만 더 정확히 말하자면, 이것은 외부의 세계가 아니라 오로지 '나의 세계'일 뿐이다.

내가 눈을 떴기에 비로소 이 세계가 존재하기 시작한 것이지, 이미 만들어진 세계에 내가 부속품처럼 끼워 맞춰진 것이 아니다. 당신은 당신의 세계로, 나는 나의 세계로 각자 당당히 깨어난 주체인 것이다.

인간이 얼마나 주체적인 존재인지는 우리의 가장 사소한 일상에서 드러난다. 허기를 느낄 때 음식을 찾아 입에 넣고, 눈꺼풀이 무거워질 때 기꺼이 잠을 청하는 그 본능적인 선택들. 이것은 결코 사소한 생존 활동이 아니다. 내 몸의 소리에 귀를 기울이고, 내가 원하는 것을 스스로에게 허락하는 주체적인 행동이 된다. 인간의 주체성이란 대단히 거창한 것이 아니다. 그저 먹고, 자고, 갈망하는 힘일 뿐.

그러나 '나의 세계'를 벗어나 '타인의 세계'를 배회할 때 불행이 시작된다. 우리가 불행해지는 가장 큰 이유는 내 세계의 주인으로 살지 못하고, 자꾸만 타인의 세계를 기웃거리기 때문이다. 내 영토를 가꾸는 대신 남의 정원을 탐내고, 타인의 각본을 내 삶인 양 연기하며, 누군가를 미워하느라 그 사람의 세계 속에 나를 가두어 버릴 때 삶은 비극이 된다. 남을 탓한다는 것은 역설적으로 내 삶의 핸들을 그 사람에게 쥐여주는 일과 같다.

진정으로 다정한 사람은 타인의 세계를 침범하지 않으며, 동시에 자신의 세계를 타인의 비난이나 평가로 더럽히도록 내버려두지 않는다. 각자의 세계를 명확히 구분하고 존중할 때, 비로소 불행의 사슬은 힘을 잃는다. 잘 누리고 잘 떠나보내는 일, 나와 타인의 세계에 대한 가장 다정한 감사하는 일 말이다.

때로 다정함은 오해받는다. 거절하지 못하는 나약함이나, 타인의 비위를 맞추는 비굴함으로 치부되기도 한다. 하지만 내가 깨달은 진정한 다정함은 지독히도 단단한 '주체성' 위에 세워진 성城이다. 나를 지키는 주체성이 결여된 다정함은 그저 타인에게 휘둘리는 무방비한 상태일 뿐이기 때문이다.

유튜브 채널 〈조승연의 탐구생활〉에서는 인간이 행복을 느끼는 조건을 뇌과학과 심리학의 '자기결정성 이론'을 통해 설명한다. 인간이 진정한 행복을 누리기 위해서는 세 가지 필수 조건이 충족되어야 하는데, 그것은 바로 자율성, 유능성, 그리고 연결성이다. 나는 이 이론 속에서 나를 지키며 나성해질 수 있는 구체적인 방법을 찾았다.

첫 번째는 '자율성'이다. 이것은 내 삶의 운전대를 온전히 내가 쥐는 힘이다. 타인의 시선이나 사회적 기준에 무작정 끌려가는 것이 아니라, 일상에서 '어떻게 행동할 것인가'를 스스로 선택하는 것이다. 누군가 무례하게 굴 때 덩달아 날을 세우며 감정을 소모할지, 아니면 나의 페이스를 유지하며 미소로 넘길지를 결정하는 권한은 오직 나에게 있다. 진정으로 주체적인 사람은 타인의 소음 속에서도 '내가 어떻게 반응할 것인가'를 스스로 선택한다. 억울함에 매몰될지, 아니면 내 일상을 지켜낼지 결정하는 권한은 오직 나에게만 있다.

두 번째는 '유능성'이다. 거창한 성공이나 완벽함이 아니라, 일상에서 '어제보다 조금 더 나아진 나'를 발견하는 기쁨이다. 맡은 업무를 무사히 끝냈을 때, 새로운 취미를 조금씩 익혀갈 때, 혹은 나의 작은 배려와 조언이 누군가의 하루를 환하게 만들었을 때 우리는 유능감을 느낀다. 스스로 가치 있고 무언가를 해낼 수 있는 사람이라는 굳건한 믿음은, 타인에게 기꺼이 손을 내밀 수 있는 여유롭고 튼튼한 마음의 근육이 된다.

마지막은 '연결성'이다. 이것은 모두에게 사랑받으려 애쓰며 에너지를 고갈시키는 맹목적인 포용이 아니다. 나와 결이 맞는 사람들, 서로를 진심으로 아끼고 응원하는 사람들과 깊고 단단하게 교감하는 '선택적 다정함'이다. 누군가에게 나의 온기를 전하고, 또 누군가로부터 위로를 받으며 '우리는 안전하게 연결되어 있다'라고 느낄 때, 우리는 비로소 온전한 다정함의 세계에 머물 수 있다.

이 세 가지가 결합할 때 우리는 비로소 '트리플 해피니스 존Triple Happiness Zone'에 진입한다. 내가 주체가 되어(자율성), 나의 실력을 키우며(유능성), 소중한 이들을 올바르게 이끄는(연결성) 과정은 세상 그 어떤 불행도 침범할 수 없는 궁극적인 기쁨을 선사한다.

결국 다정함은 나를 버리고 남을 위하는 일이 아니다. 철저히 주체적인 나로 서서, 내가 가진 온기를 누구에게 얼마만큼 나누어줄지 스스로 결정하는 고도의 통제력이다. 나를 지키는 주체성이 바로 설 때, 나의 다정함은 비로소 타인에게 휘둘리지 않는 강력한 무기가 된다. 나는 이제 안다. 나를 먼저 구원하고 지켜낸 다정함만이 끝내 세상을 바꿀 수 있다는 것을.

인간이라는 우주에 눈을 뜬 우리가 이 복잡하고도 아름다운 세계를 겨우 이해하기 시작할 즈음, 어쩌면 우리는 익숙해진 이 세계를 영영 떠나보내야 할 시간을 맞이할지도 모른다. 인생이란 결국 각자의 세계를 잇고, 충분히 즐기고, 마음껏 누리다가, 때가 되었을 때 미련 없이 잘 떠나보내는 과정이다. 내게 주어진 이 거대한 우주를 남의 탓으로 낭비하지 않고, 나만의 색깔로 촘촘히 채워가는 것. 그것이야말로 이 경이로운 세계를 선물 받은 우리가 표현할 수 있는 가장 깊은 감사가 아닐까.

2장

마음이
닿는 거리

내가 좋아하는 사람

창업 10년 차, 내가 이룬 것 중 가장 큰 수확은 '나와 어울리는 사람'을 분별할 수 있게 되었다는 점이다. 브랜드가 성장하고, 숫자가 쌓이고, 수익이 늘어나는 것도 물론 중요했다. 하지만 결국 회사를 성장시킨 것도, 나를 성장시킨 것도 '사람'이었다.

수많은 사람을 만나고, 함께 일하고, 떠나보내고, 때로는 배신을 겪으면서 나는 분명한 패턴 하나를 발견했다. 어딜 가나 불만을 크게 말하는 사람이 있고, 그 와중에도 조용히 자기 할 일을 해내는 사람이 있다. 상황이 혼란스러울수록 자신의 감정에 휘둘리는 사람과, 그 상황을 기회로 바꾸는 사람은 분명히 구분된다. 전자는 항상 피해자이길 원하고, 후자는 결국 자신을 인생의 주인공으로 만들어간다.

이 패턴은 업무에서도, 친구 관계에서도, 비즈니스 관계에서도, 아주 사적인 사랑 관계에서도 반복되었다. 그래서 나는 어느 순간부터 내가 좋아하는 그 사람이라면 '이 상황에서 어떻게 행동할까?'라고 스스로에게 질문하게 되었다. 그 질문은 나의 감정을 다듬고, 시야를 넓혀주었다.

많은 사람들이 선택한 자리에서조차 불만을 늘어놓느라 자신의 가능성과 시간을 낭비한다. 비싼 돈을 내고 배움을 찾으러 온 자리에서, 자기 손으로 지원해 들어간 회사에서, 왜 그렇게 쉽게 불평을 뱉어내는 걸까?

로마의 스토아 철학자인 에픽테토스Epictetus는 이렇게 말한다. "인간에게는 어떤 일이 일어나는 것이 아니라 그 일이 일어났을 때 어떻게 반응하는지가 중요하다."

불만을 삶의 중심에 두는 사람은 늘 '내가 얼마나 억울한지'를 이야기한다. 반면, 내가 좋아하는 사람은 다르다. 상황을 바꾸지는 못하더라도 자기 자신을 단단히 세울 줄 아는 사람이다. 그들은 자기가 어떤 선택을 해야 하는지 알고, 스스로를 돌아볼 수 있는 사람이다.

내가 속한 학교, 모임, 회사가 다니기 싫다고 말하기 전에, 그 자리에서 내가 얻고 있는 것과 얻을 수 있는 것을 먼저 생각해야 한다. 상황을 통제할 수는 없지만 나 자신만큼은 통제할 수 있어야 한다. 잘되든, 잘되지 않든 모든 차이는 결국 시선의 방향에서 시작된다. 잃은 것을 셀 것인가, 얻은 것을 바라볼 것인가?

내가 좋아하는 사람은 결국 그런 사람이다. 자신을 주인공으로 만들어가는 사람. 그리고 나는 오늘도, 그런 사람이 되고자 한다.

결국 기억에 남는 건 말투다

　사람은 이상하게도 '내용'보다 '톤'을 오래 기억한다. 말의 뜻보다 그 말에 실린 감정과 말투가 더 깊게 각인된다. 냉정한 말은 단 한 마디라도 마음속에 며칠을 머물고, 부드러운 말은 오랫동안 잊히지 않는다.

　"이거 좀 해주세요." 이 말이 "혹시 괜찮으시면 이거 가능할까요?"로 바뀌는 데는 2초도 걸리지 않지만, 듣는 사람의 태도는 완전히 달라진다. 전자는 지시처럼 늘리고, 후자는 배려처럼 느껴진다. 단순히 말투 하나 바꿨을 뿐인데 분위기가 달라지고, 사람의 마음이 달라지며, 결국 일의 결과도 달라진다.

말투에 스민 온기는 단순한 '예의'가 아니다. 그것은 관계를 설계하는 도구이며, 팀워크를 유지하는 힘이고, 긴장감 속에서도 유연함을 만들어내는 기술이다. 실력도 중요하지만, 끝까지 기억에 남는 사람은 따뜻한 말투를 가진 사람들이었다. 그들은 부탁할 때 "죄송하지만"보다 "부탁드려요"를 먼저 사용했고, 회의에서도 "이건 좀 아닌 것 같아요"보다는 "이 방향도 고려해 보면 어떨까요?"라고 말했다. 그 말에는 존중이 있었다. 그리고 그 존중은 자발성을 이끌어냈다.

미국의 작가 데일 카네기도 말했다. "비난하지 말고, 진심으로 칭찬하라. 그리고 어떤 부탁도 다정하게 표현하라." 말투는 단지 말의 겉모양이 아니라,

내가 상대를 어떻게 생각하고 있는지를 보여주는 정서의 반영이다.

이별의 순간도 마찬가지다. 함께했던 누군가를 보내는 날이면, 괜히 마음이 조용해진다. 대표라는 자리는 익숙해져야 할 이별이 많지만, 참 이상하게도 매번 마음 한쪽이 허전해진다. 시간이 지나면 '성과'는 흐릿해지지만, 마지막으로 건넨 말과 태도는 선명하게 남는다.

"이 회사에 있을 수 있어서 참 좋았어요."
"늘 믿어주셔서 감사했어요."
"어디서든 진심으로 응원할게요."

이런 말 한마디는 그 사람이 떠난 후에도 불쑥불쑥 띠오드니 마음을 따뜻하게 데운다. 반대로, 차가운 말 한 줄은 작은 가시처럼 오래 남는다. 일은 엑

셀에, 시스템에, 숫자로 남지만, 말은 사람의 마음에 남는다. 결국, 말이 기억이고, 말이 관계라는 것을 나는 자주 깨닫는다.

나는 일을 잘하는 사람보다, 함께 일하고 싶은 사람이 되고 싶다. 그리고 그 기준은 생각보다 단순하다. 신뢰할 수 있는가? 함께 있을 때 마음이 편안한가? 말 한마디에 존중이 담겨 있는가? 말투는 그 모든 질문에 "그렇다"라고 답하게 만드는 힘이 있다.

그래서 오늘도 생각하게 된다. 말은 결과보다 오래 남는다는 것을. 부드러운 말 한마디가 누군가의 기억을 따뜻하게 할 수 있다는 것을. 그리고 다시 함께하고 싶은 사람이 되게 만드는 건, 마지막 순간의 기억이라는 것을.

자존감을 높이는 법

내가 인생에서도, 일을 하면서도 가장 성장세였던 때를 돌이켜보면, 아이러니하게도 아무것도 몰랐던 시절이었다. 손에 쥔 것도 없고, 방향도 모르고, 흔들리기 쉬웠던 그때 그 시절에 내가 흔들리지 않고 버틸 수 있었던 것은 결국 곁에 있던 사람들 덕분이었다.

마음이 무너질 듯 아슬아슬할 때면, 나는 아이처럼 '엄마'를 찾는다. 엄마 집으로 퇴근하고, 엄마가 차려준 밥을 먹고, 소파에 기대어 엄마의 길고 긴 시시콜콜한 수다를 배경음악처럼 들으며 멍하니 시간을 보낸다. 그 시간 속에서 나는 다시 안정감을 되찾는다. 엄마는 나를 왜곡해서 보지 않는다. 그저 '있는 그대로' 바라보는 사람의 눈을 통해 나는 내가 어떤 사람인지, 어떤 가능성을 가진 사람인지 다시 알아차리게 된다. 그런 시간이 쌓이면, 나는 메모장을 꺼내 곁에 있는 사람들이 내게 건넸던 말을 하나씩 적는다.

"너는 끈기가 있어."
"너는 체력이 정말 좋아."
"너는 사람들에게 에너지를 주는 사람이야."
"넌 결국 뭐든 해내더라."

이런 말들은 그냥 넘기지 않는다. 예전에는 흘려들었지만, 이제는 꾹꾹 눌러서 적는다. 그 말들이 나를 무너지지 않게 붙잡아 주기 때문이다. 자존감은 스스로 만들기도 하지만, 때로는 곁에 있는 사람들의 시선 속에서 발견되는 것이다. 우리는 너무 자주 자기 자신을 부정확하게 인지한다. 감정이 흔들릴 때면 스스로를 작게 만들고, 함부로 깎아내린다.

예전의 나는 그렇게 생각했다. "다른 사람들은 나를 진짜로 몰라." 그럴 때면 자진해서 혼자 있으려고 했고, 그 고립 속에서 오히려 더 작아졌다. 하지만 지금은 다르게 생각한다. 어쩌면 내가 보는 내가 아니라, 내 사람들의 눈에 비친 내가 더 진짜일지도 모른다고. 그들은 나를 미화하지 않는다. 다만 내가 잊고 있던 가능성과 자질을 다시 상기시켜 줄 뿐이다.

나는 그들이 건네준 따뜻한 문장을 다시 꺼내 읽는다. 그리고 믿기 시작한다. "이 근사한 사람이 나구나." 이길 인정하는 순간, 자존감이 올라온다. 작아졌던 마음이 다시 펴지고, 뭐든 해낼 수 있을 것 같은 기분이 든다. 사람은 참 간사하다. 조금의 말에 마음이 무너졌다가 또 조금의 말에 다시 일어난다. 그렇게 일희일비하는 게 사람이고, 그것이 바로 살아 있다는 증거이다. 그러니 자존감을 높이고 싶다면, 나를 사랑해 주는 사람들의 말을 외면하지 말아야 한다. 그 칭찬을 믿고, 받아들이고, 적어두고, 필요할 때 꺼내 읽는 연습을 한다. 그 말들을 모아두는 일은 나를 지켜내기 위한 아주 중요한 작업이다. 그리고 그 작업이 반복될수록 당신은 더 단단하고, 더 유연한 사람이 되어 있을 것이다.

좋은 관계는 템포를 맞추는 일이다

사람과 사람이 멀어지는 가장 흔한 이유는 마음이 식어서가 아니다. 바로 '속도의 차이' 때문이다. 한쪽은 빠르게 가까워지고 싶어 하는데, 다른 한쪽은 천천히 다가가고 싶어 할 때, 그 어긋남이 불편함을 낳는다.

나는 이제 알게 되었다. 사람마다 마음을 여는 속도가 다르고, 가까워지는 리듬이 다르다는 것을. 예전에는 내가 다가가면 모두 반가워할 것이라고 생각했고, 좋은 마음으로 대하면 금세 친해질 수 있을 거라고 믿었다. 그러나 어떤 사람은 그 호의 앞에서 한 발 물러서고, 갑작스러운 친밀함에 거리를 두기 시작한다.

그때는 내가 뭘 잘못했는지 몰랐다. 하지만 이제는 안다. 그건 내가 잘못된 말을 해서도, 나쁜 의도로 다가가서도 아니라, 단지 속도가 맞지 않았기 때문이라는 것을.

나에겐 유일하게 내향적인 친구 J가 있다. 그 친구를 볼 때마다 수줍은 세 살배기 아이가 떠오른다. 아이에게 갑자기 달려가 와락 안기면 아이는 놀라서 울어버릴 것이다. 하지만 눈을 맞추고 천천히 다가가며, 일정한 거리를 유지한 채 다정한 눈빛을 보내면 조금씩 달라진다. 처음엔 눈을 마주치기 시작하고, 마침내 손에 쥔 소중한 과자를 내밀어 선물할 것이다. 어른도 다르지 않다. 누군가는 빠르게 친해지고, 누군가는 시간이 필요하다. 진정으로 다정한 사람은 이 '속도 차이'를 읽을 줄 알고, 상대의 리듬에 자신을 맞춰줄 줄 아는 사람이다.

데일 카네기는 인간관계에서 가장 중요한 원칙 중 하나로 '상대의 입장에서 생각하기'를 강조했다. 그는 "진정한 소통은 내가 말하고 싶은 걸 말하는 것이 아니라, 상대가 듣고 싶은 방식으로 말하는 것이다"라고 말했다. 관계도 이와 같다. 내가 원하는 속도로 끌고 가는 것이 아니라, 상대가 편안함을 느끼는 템포에 함께 걷는 것이다.

다정함은 단지 따뜻한 말이나 친절한 행동만을 뜻하지 않는다. 진짜 다정함은 배려의 리듬을 이해하는 것, 즉 속도를 조절할 줄 아는 능력이다. 서두르지 않고 기다릴 줄 알고, 적당한 거리를 유지하는 태도가 결국 관계를 오래가게 만든다.

나는 이제 관계를 성급하게 밀어붙이지 않는다. '좋은 관계'는 빠르게 다가간다고 만들어지는 것이 아니라, 불편하지 않은 상태로 오래 머물 수 있을 때 비로소 만들어진다는 것을 알게 되었기 때문이다.

가장 다정한 사람은 결국 가장 '불편하지 않은 사람'이다. 그 말은 곧 배려가 습관화된 사람이며, 동시에 속도를 읽고 맞춰줄 줄 아는 사람이라는 뜻이다. 다정한 말 한마디는 관계의 시작이 될 수 있지만, 그것이 오래 이어지려면 결국 '속도'를 읽는 감각이 필요하다.

오늘도 나는 조급함을 내려놓고 상대의 걸음에 발맞추려 노력한다. 그게 결국 사람 사이의 온도를 맞춰가는 일 아닐까. 그렇게 누군가의 마음을 따뜻하게 해주고, 우리의 관계를 더욱 깊게 만들어가길 바란다.

말은 관계를 만들고,
말투는 사람을 남긴다

나는 오래전부터 '말에는 체온이 있다'라고 믿어
왔다. 같은 말이라도 마음이 담기면 다르게 들리고,
말투 하나에 누군가는 상처받고 또 다른 누군가는
위로받는다.

예를 들어 이런 말이 있다. "그건 아닌 것 같아
요." 이 말은 사실 관계를 정확하게 짚는 말일 수 있
다. 틀리지 않았다. 하지만 때로는 이 한마디가 사

람의 마음을 단단히 닫아버릴 수 있다. 반면 이렇게 말할 수도 있다. "그럴 수도 있겠네요. 근데 이 방법은 어떨까요?" 의견은 같지만, 전달 방식은 전혀 다르다. 앞의 말이 '단절'이라면, 뒤의 말은 '연결'이다.

말은 언제나 관계의 문을 두드리는 손끝과 같다. 두드리는 방식에 따라 문이 활짝 열리기도 하고, 단단히 잠기기도 한다. 결국 중요한 것은 내가 무슨 말을 하느냐가 아니라 어떻게 말하느냐이다.

말투는 감정을 담는 그릇이다. 말이 차가우면 마음도 차갑게 전달되고, 말이 따뜻하면 그 온기가 고스란히 상대방의 마음을 적신다. 나는 그것을 숱한 경험 속에서 배웠다. 누군가 날카로운 피드백을 줄 때, 말투 하나만 달랐을 뿐인데 그 말을 더 받아들이고 싶어졌던 순간들이 있었고, 반대로 말은 옳았지만 날카로운 표현 때문에 마음을 닫았던 적도 있다.

영국의 소설가 버지니아 울프는 말했다. "말은 우리의 감정을 전달하는 가장 강력한 도구다. 우리는 언어로 서로의 마음을 연결하고 소통한다." 사람에게 체온을 담은 언어로 다가가라는 이야기다. 말속에 관심을, 말투 속에 존중을 담아야 관계가 살아난다.

누군가는 이렇게 말할지도 모른다. "굳이 말투까지 신경 써야 하나요? 진심이면 되잖아요." 하지만 나는 생각이 다르다. 진심은 언제나 전달되는 것이 아니다. 진심이 있어도 말투가 차가우면, 상내는 그것을 느끼지 못한다. 말투는 진심의 '포장지'다. 따뜻한 포장지를 두르면 선물처럼 느껴지고, 날것으로 건네면 경계심부터 생긴다.

우리는 사람과 일을 하고, 사람과 살아간다. 그 안에서 내가 남기는 가장 강한 인상은 '말'이다. 정확히 말하면, 말의 온도다. 차가운 말은 사람을 멀어지게 하고, 따뜻한 말은 사람을 끌어당긴다. 무조건 공감하라는 이야기가 아니다. 단지, 표현할 때 조금만 부드럽게, 한 번만 더 생각해서 말하는 습관. 그 작은 습관이 관계를 바꾸고, 나를 기억에 남게 만든다.

말은 관계를 만들고, 말투는 사람을 남긴다. 그리고 대화의 온도는 오랫동안 사람의 마음에 남는다. 오늘도 나는 내 말에 체온을 담아본다. 차가운 세상 속에서 따뜻한 사람이 되기 위해서다. 그렇게 전해진 마음이 누군가에게 작은 위로가 되고, 또 그 위로가 세상을 조금 더 따뜻하게 만들기를 바란다.

말투는 감정을 담는 그릇이다.
말이 차가우면
마음도 차갑게 전달되고,
말이 따뜻하면
그 온기가 고스란히
상대방의 마음을 적신다.

가까운 사이일수록
더 다정해야 하는 이유

참 이상한 일이다. 멀리 있는 사람에게는 예의를 지키면서, 가장 가까운 사람에게는 마음을 놓는다. 부모님에게, 연인에게, 오래된 친구에게. '이 정도는 괜찮겠지'라는 안일한 마음으로 툭 내뱉은 말들이 때로는 가장 깊은 상처가 되기도 한다.

조금 짜증 난 하루에 투정을 부리고, 기분이 나 쁜 걸 아무렇지 않게 쏟아내며, '가족이니까, 애인이니까, 친구니까 이해하겠지'라고 생각한다. 하지만 정말 그럴까? 가까운 사이일수록 더 단단한 신뢰가 필요하고, 더 섬세한 배려가 필요하다.

사람 사이에서 가장 많은 오해는 '말 안 해도 알겠지'라는 기대에서 시작된다. 그 기대는 곧 실망으로, 실망은 차가운 거리감으로 바뀌어간다. 정말 소중한 관계라면, '말하지 않아도 알아줄 거야'라는 기대 대신, '그만큼 말로 아껴주자'라는 다짐이 먼저여야 한다.

심리학자 루이스 헤이는 말했다. "사람들은 자신이 존중받고 있다고 느낄 때, 더 행복하고 긍정적으로 변한다." 사랑받고 있다는 느낌, 존중받고 있다는 감정은 낯선 사람에게 받는 친절이 아니라, 익숙한 사람에게서 느끼는 다정함 속에서 더 깊이 자리 잡는다.

나도 한때 그랬다. 일을 하면서는 행동을 조심하고, 밖에서 마주하는 관계에서는 예의를 차리면서도 집에 돌아오면 나의 하루를 궁금해하는 엄마에게 퉁명스럽게 대하고, 연인에게는 불편한 감정을 쉽게 쏟아내곤 했다. 그게 다정함이 아니라 익숙함에 기대어 만든 무례였다는 걸 꽤 오랜 시간이 흐르고 나서야 깨달았다.

다정함은 친밀한 거리에서 비롯되는 게 아니라, 상대를 향한 나의 태도에서 비롯된다. 지금 내 옆에 있다고 해서 언제나 곁에 있을 거라는 보장은 없다. 관계는 매일 새롭게 쌓아가야 하는 감정의 집이다.

가까운 사람이기에 더 신중해야 하고, 소중한 관계일수록 더 따뜻한 말이 필요하다. 무심코 던진 말 한마디가 오래 쌓아온 시간을 무너뜨릴 수 있고, 조금 더 다정한 말투 하나가 삐걱대던 사이를 다시 부드럽게 만들 수도 있다.

　당연한 관계란 없다. 오랜 인연도 돌보지 않으면 금세 멀어지고, 매일의 다정함이 쌓여야 비로소 오래가는 인연이 된다. 그래서 나는 오늘도 다짐한다. 가까운 사람일수록 더 다정하자. 익숙한 관계일수록 더 섬세하게 말하자.

　다정함은 시간이 아니라, 태도로 만들어가는 거리감의 예술이니까.

정리해야 하는 인간관계 특징

관계는 마치 서로의 에너지를 주고받는 미묘한 상호작용이다. 그러나 어떤 인간관계는 그 자체로 나를 소모하게 만든다. 겉으로는 화려하고, 말도 잘하며, 사람도 많아 보이는 그들은 마치 화려한 보석처럼 반짝이지만, 정작 내게 남는 건 공허함뿐이다. 대화를 나누고 만남을 가져도 뭔가 결핍된 느낌이 드는 이유는 무엇일까?

이런 사람들의 공통된 특징은 자기 이야기를 지나치게 많이 한다는 것이다. 그들의 대화는 마치 독

백처럼 이어지며, 나의 이야기는 들어주지 않는다. 대화의 주제가 자신의 경험과 자랑으로만 일관될 때, 그 순간 나는 그 사람의 알맹이가 없다는 것을 느끼곤 한다. 이 사람과의 관계는 깊이 있는 대화는 커녕, 감정의 교류조차 이루어지지 않는다.

또한, 남의 명함을 자기 명함처럼 내세우는 사람들을 피해야 한다. 그들은 다른 사람들의 성과를 자신의 것으로 둔갑시키며, 마치 스스로의 인생을 포장하는 것처럼 행동한다. 이런 사람과의 만남은 단순히 피로감을 줄 뿐, 나에게 도움이 되지 않는다.

관계는 누구와도 친해질 수 있지만, 모두와 깊어질 필요는 없다. 지금 내 주변에 있는 사람들 중에서, 만나고 나면 더 지치고 힘든 사람이 있다면 그건 정성을 들여 유지할 관계가 아니다. 마음을 주는 일은 자기 자신을 해치는 일이 되어서는 안 된다. 나를 무너뜨리며 이어가는 관계는 결국 내 감정을 잠식시키고, 나의 자존감을 갉아먹는다.

사람을 볼 때, 겉모습이 아닌 알맹이를 보아야 한다. 그 사람과 나눈 감정의 질감, 그리고 그로 인해 느껴지는 진정한 연결이 무엇인지를 고민해야 한다. 나를 지키는 다정함은, 결국 나 자신을 사랑하고 존중하는 데서 시작된다.

쇼펜하우어는 "사람은 다른 사람과의 관계에서 자신의 진정한 모습을 발견한다"라고 말했다. 그러니 이제는 관계의 질을 따져보자. 진정한 친밀함은 서로에게 필요한 존재가 되는 것이며, 나를 소모하는 관계에서 벗어나는 것이기도 하다. 나를 존중하고 사랑함으로써, 더 나은 관계를 만들어가는 것이 진정한 삶의 목표일 것이다.

'다정한 시선'은 언제나
'시기 질투'를 이긴다

비교는 마치 안갯속을 걷는 일과도 같다. 길이 어딘지, 끝이 있는지조차 분간되지 않는 그 속에서 우리는 자꾸만 방향을 잃는다. 누군가의 속도를 보며 조급해지고, 누군가의 빛을 보며 내 그림자를 탓하게 된다. 하지만 그 길의 끝에는 언제나 허무함이 기다리고 있을 뿐이다.

철학자 쇼펜하우어는 말했다. "우리의 행복은 우

리가 얼마나 소유했느냐보다, 다른 사람보다 얼마나 더 소유했는가에 달려 있다." 이 씁쓸한 문장은 비교가 우리의 감정과 삶을 어떻게 조종하는지를 정확히 보여준다. 비교는 내가 가진 것을 무디게 만들고, 결국엔 타인의 성과로 나를 측정하게 한다. 그 잣대는 늘 나를 부족하게 만들고, 스스로를 깎아내리게 만든다. 그래서 비교는 결국 자존감을 잃게 만든다.

누군가의 빠른 성장, 가벼운 말투, 눈에 띄는 결과가 이상하게 마음속 깊은 곳을 긁고 간다. 그 감정은 한순간일 수도 있고, 내 안에 오래도록 머물며 나를 지치게 만들 수도 있다. 하지만 그런 감정은 우리의 에너지를 갉아먹을 뿐, 어떤 변화도 이끌어내지 않는다. 타인의 속도에 내 걸음을 맞추려 애쓰다 보면 결국 나의 호흡은 흐트러진다. 그러니 그 감정을 억지로 없애려 애쓰기보단, 흘러가게 두자. 감정은 머물수록 썩고, 흘려보내면 새로운 공기가 스며든다.

비교는 종종 비판의 얼굴을 하고 나타난다. 우리는 타인을 보며 무의식적으로 판단하고, 그 판단은 관계에 거리감을 만든다. 데일 카네기는 말했다. "비판은 누구도 원하지 않는 것이며, 비판을 받는 사람은 방어적으로 변한다." 이 말은 결국, 우리가 서로를 조금 더 부드럽고 다정하게 바라봐야 한다는 뜻이 아닐까. 모든 삶에는 보이지 않는 결이 있고, 그 결을 모르고 쉽게 판단하는 일은 늘 오해를 낳는다.

하지만 기억하자. 진짜 깊이 있는 시선은 겉으로 드러나지 않는 것들을 알아차리는 데서 시작된다. 누군가는 웃고 있지만, 마음은 무거울 수 있다. 누군가는 침착해 보여도 속으로는 벼랑 끝을 걷고 있을 수도 있다. 이 세상에 가벼운 삶은 없다. 그래서 쉽게 부러워하지 않아도 된다. 오히려 조용히 응원하자. 따스한 시선은 비교를 이긴다. 그리고 온기 어린 마음은 절대 흔들리지 않는다.

지금 걷고 있는 그 길은 더딘 게 아니라 단단한 것이다. 누군가의 이정표에 흔들릴 필요 없다. 비교가 아닌 이해, 경쟁이 아닌 공감으로 살아가는 사람은 결국 더 멀리 간다. 그렇게 자신을 지키며 걸어가는 이에게, 삶은 언젠가 반드시 응답한다. 그러니 조급해하지 말자. 삶은 누구에게나 다른 속도로, 다른 결로 흘러간다.

그러니 오늘도 자신만의 속도로, 자신의 숨으로 걸어가자. 그 길 끝엔 조용하지만 확실한 승리가 기다리고 있다.

다정한 사람이
세상을 바꾸는 이유

그날은 몸도 마음도 지쳐 있었다. 기획안은 묵살됐고, 미팅은 내 마음처럼 풀리지 않았다. 점심시간은 찬스다, 오로지 집중해서 일할 수 있는 시간을 주는 찬스랄까. 뭐라도 먹고 버티려 했지만 그런 틈도 주지 않고 시간이 흘러갔다. 정신없던 하루의 마지막 일정은 팀원과의 면담이었다. 솔직히 걱정이 앞섰다. 이 피로한 상태에서 팀원의 말에 진심으로 귀 기울일 수 있을까? 집중하지 못한 채 형식적인 말만 건네면 어쩌지. 내 마음이 가장 두려웠던 건 좋지 않은 컨디션에서 나오는 나의 무성의함이었다.

하지만 면담은 예상을 완전히 벗어났다. 팀원은 오히려 나에게 말했다. 요즘 나에게서 영감을 받는 키워드 세 가지를 정리해 봤다고 했다. 순간, 상담받는 기분이 들었다. 무심한 듯 묻는 척했지만, 은근히 궁금했다.

"오, 제가 어떤 키워드로 보였어요?"
"자신감, 판단력, 책임감이요."

순간, 아무렇지 않은 얼굴을 유지하느라 애썼다. 그러나 속에서는 울컥하는 감정이 솟아났다. 스물네 살 때부터 리더의 자리에 올라 팀을 이끌던 내 20대, 30대를 관통해 온 긴장의 시간들이 주마등처럼 스쳤다. 사람들은 리더가 팀원을 평가한다고 생각하지만, 나는 안다. 진짜 리더는 늘 평가당하는 자리라는 걸. 매 순간 내가 한 말, 결정 하나, 표정 하나가 누군가의 기준이 된다는 것을 누구보다 잘 알고 있었다. 그래서 매번 말을 조심히 꺼내고, 성찰을 반복한다.

그렇게 살았던 시간 속에서, 처음으로 들은 말이었다. 누군가가 내 모습을 진심으로 관찰하고, 단어로 정리해 내게 돌려준 그 순간은 말로 다 설명되지 않았다. 별거 아닌 말인데, 눈물이 날 것 같았다.

데일 카네기는 "사람은 논리로 움직이지 않는다. 감정으로 움직인다"라고 했다. 맞다. 우리는 결국, 사려 깊은 말 한마디에 무너지고, 또 그 한마디에 일어선다. 다정함은 거창하지 않다. 하지만 그것은 무너진 하루를 다시 세우는 데 충분한 힘이 된다.

나는 오늘도 생각한다. 우리가 바꿔야 할 세상은 법과 제도 이전에 사람들의 마음이다. 다정함은 마음의 문을 여는 가장 부드러운 열쇠다. 갈등은 그 문을 닫고, 다정함은 그 문을 다시 열게 한다.

작은 말 한마디가 누군가의 하루를 구할 수 있다. 그 하루가 다시 쌓이면, 삶이 바뀐다. 그리고 그런 삶들이 이어지면 결국 세상이 바뀐다.

세상을 바꾸는 건 위대한 리더도, 거대한 정의도 아니다. 진심으로 마음을 건네는 사람, 마음을 들여다보는 사람, 그리고 지친 사람의 등을 살며시 토닥여 주는 사람이다.

나는 그런 사람이 되고 싶다. 지금 이 순간 내가 가질 수 있는 가장 선한 태도는, 진심을 잃지 않는 것이다. 세상이 필요로 하는 것은 특별한 능력이 아

니라, 서로를 감싸주는 따뜻한 마음임을 잊지 말아
야겠다.

다정함은 거창하지 않다.
하지만 그것은 무너진 하루를
다시 세우는 데 충분한 힘이 된다.

다정한 사람 곁에 사람이 모인다

회사를 운영하면 수많은 사람을 만나게 된다. 말 잘하는 사람, 일 잘하는 사람, 에너지가 강한 사람, 실행력이 빠른 사람. 각자의 장점이 분명하고, 서로 다른 색깔로 팀을 채워간다.

그런데 시간이 지나면 이상한 일이 벌어진다. 실력이 뛰어나도 곁에 사람이 없는 사람이 있는 반면, 조용하고 특별한 능력이 없어 보여도 항상 주변에 사람이 모이는 사람이 있다. 그 차이는 명확하나. 결국 남는 사람은 '같이 있고 싶은 사람'이었다.

그런 사람들은 회의실 안의 공기를 바꾼다. 그 사람이 있으면 긴장감이 완화되며 불필요한 갈등이 줄어든다. 그들은 화려한 언변이나 강한 주장을 하지 않아도 자연스럽게 중심에 서게 되는 사람들이다. 그 이유는 간단하다. 말 한마디, 눈빛, 작은 몸짓 속에 타인을 향한 존중이 배어 있기 때문이다.

작가 로버트 그린은 "사람들을 매료시키고 싶다면, 그들의 감정을 이해하고 그들을 존중해야 한다"라고 말했다. 사람의 마음을 얻는 사람은 이 말을 진심으로 이해하는 사람이다. 그래서 말을 부드럽게 하고, 상대의 말을 끊지 않으며, 고생한 사람에게 "수고했어요"라는 말을 자연스럽게 건넬 줄 안다. 이는 타고난 성격이 아니라 오랜 시간 쌓인 미세한 습관의 힘이다.

말투를 다듬고, 감정을 조절하며, 상대의 수고를

놓치지 않으려는 마음이 태도에 스며든 결과다. 나는 이런 사람들을 절대 가볍게 보지 않는다. 그들은 관계의 온도를 유지하는 사람이고, 사람들이 다시 찾는 사람이며, 어디서든 환영받는 사람이다.

곁에 사람이 모이는 건 우연이 아니다. 그건 태도의 결과다. 사람을 잇는 힘은 결국, 성과보다 마음의 언어에 있다.

조용하지만 강한 힘

사람 사이에는 말로 설명되지 않는 공기가 존재한다. 눈빛 하나, 말투 하나에도 힘의 균형이 오간다. 누가 더 센 말투를 쓰는지, 누가 더 위에서 말하는지. 보이지 않는 기싸움이 일상의 일부처럼 스며들어 있다.

특히 일할 때는 더욱 그렇다. 회의 자리, 협업 자리, 조직 속에서 부드러운 태도는 종종 '약해 보인다'라는 이유로 오해받는다. 조용하면 만만해 보이고, 부드러우면 밀릴 거라는 생각이 든다. 그래서 말투를 누그러뜨리면서도 마음 한편이 불안해질 때가 있다. '이래도 괜찮을까?', '더 세게 말해야 하는 건 아닐까?' 하지만 나는 그럴 때마다 이렇게 되뇐다. 정말 강한 사람은 기싸움을 하지 않는다고.

눈에 띄지 않아도 중심이 있고, 인정받지 않아도 조급하지 않으며, 말을 세게 하지 않아도 그 말에는 무게가 있다. 다정함은 표면적인 승부를 내려놓고 더 깊은 신뢰를 쌓는 선택이다. 기싸움으로 얻을 수 있는 것은 일시적인 우위일 뿐, 사람의 마음은 결국 온기에 머무른다.

심리학자 칼 로저스는 "진정한 인간관계는 서로를 이해하고 존중하는 것에서 시작된다"라고 말했다. 부드러운 태도는 바로 그 이해와 존중의 표현이다. '내가 더 낫다'라는 것을 드러내기보다는 '같이 잘하고 싶다'라는 마음을 전하는 방식이다. 그래서 기싸움에 나서지 않아도 그런 사람은 자연스럽게 중심이 된다.

이처럼 보여주는 힘이 있다면, 쌓이는 힘도 있다. 부드러운 말투, 느긋한 눈빛, 상대의 의견을 끝까지 듣는 태도. 그런 것들이 쌓여서 진짜 믿음을 만든다. 그 믿음이야말로 오래가는 힘이다. 소리치지 않아도 무게가 있고, 앞서 나서지 않아도 방향이 된다.

관계를 설계하는 힘은 결국, 강함보다 깊이에서 나온다. 우리는 그런 힘으로 서로를 지지하고, 함께 성장할 수 있다.

관계를 오래 지속하는 법

다정한 사람들은 자주 이런 고민을 안고 살아간다. "사람들이 날 만만하게 봐요", "내가 너무 착한가 봐요." 좋은 마음으로 다가갔는데, 그 마음이 어느 순간 '호의'가 아니라 '호구'로 받아들여질 때, 마음은 천천히 지쳐간다.

하지만 나는 확신한다. 다정함은 절대 약점이 아니다. 다만 기준이 없을 때, 그것이 흐려지고 사람들의 눈에는 '쉽게 이용해도 되는 사람'처럼 보일 수 있다. 진심에서 비롯된 친절함일수록 경계 없이 퍼

져야 하는 것이 아니라, 분명한 선 안에서 지켜져야
한다.

내가 어디까지 해줄 수 있는지, 어디서부터는 거
절해야 하는지를 스스로 알고 있어야 한다. 진짜 배
려는 자신을 무리하게 만들지 않는다. 다른 사람을
챙기느라 나를 소모하지 않는다.

스님 틱낫한은 이렇게 말했다. "타인을 진정으로
사랑하기 위해서는 먼저 자신을 사랑해야 한다." 나
를 돌보지 않고 베푸는 친절은 지속될 수 없다. 결국
감정은 소진되고, 그 자리에 남는 건 서운함과 허탈
함뿐이다.

그러니 다정한 사람이 오래가기 위해서는 나를
지키는 선부터 그어야 한다. 그 선은 '이기적인 거리'
가 아니라 건강한 배려의 시작점이다.

"지금은 일정상 도와드리기 어렵습니다."

"현재 중요한 프로젝트에 집중하고 있는 상황이라,
해당 업무에 최선을 다하고 싶습니다. 바로 도움을
드리지 못하는 점을 양해 부탁드립니다."

"해당 프로젝트는 제가 혼자 진행하기에 부담이
됩니다."

"가능하다면 일정 조정을 통해 2명 이상의 팀원과
함께 진행할 수 있을지 여쭤보고 싶습니다. 협력하
면 더 좋은 결과를 얻을 수 있을 것 같습니다."

이런 말들을 스스로에게 허락해 주어야 한다. 현
싱을 매끄럽게 풀이시라도 말할 수 있어야 한다. 내
가 나를 보호할 수 있어야 진짜로 다른 사람도 따뜻
하게 바라볼 수 있다. 다정함은 내 마음이 편할 때
가장 자연스럽게 나오는 감정이다. 억지로, 무리해
서 만들어 낸 친절은 오히려 관계를 더 힘들게 만들

기도 한다.

다정함은 '모두에게 좋은 사람'이 되는 것이 아니다. 내가 지치지 않도록, 나를 존중하기에 나눠 줄 수 있는 온기이다. 그 따뜻함이 오래가려면 분명한 기준과 경계 위에서 자라야 한다.

그러니 이제는 두려워하지 말자. 선을 그어도 괜찮다. 그것은 차가워지는 게 아니라 내 온도를 지키기 위한 선택이다.

이기심은 나를 위한 다정함이다

'이기심'이라는 단어를 들으면 우리는 흔히 이기적이고 못된 사람을 떠올린다. 하지만 이기심을 무조건 부정적으로만 바라보는 시선은 인간의 본질을 지나치게 단순화하는 판단일 수 있다. 나는 오히려 이기심이야말로 나를 지켜내는 방식이라고 말하고 싶다.

이기심은 꼭 이기적인 사람만의 것이 아니다. 배려하는 사람도, 소용한 사람도, 거절을 잘 못하는 사람도 자기만의 방식으로 이기심을 품고 있다. 도움을 주고 인정받고 싶은 마음, 좋은 사람으로 보이고 싶은 기대, 사실은 그 모든 것이 다 나를 위한 선택이었을지도 모른다.

이처럼 이기심은 흔히 부정적으로 여겨지지만, 사실 생존을 위한 본능적인 감정이다. 태초의 인간은 정글과 같은 거친 자연 속에서 살아남기 위해 자신을 먼저 챙기는 선택을 해야 했다. 이기심은 나쁜 것이 아니라, 생명을 유지하기 위한 전략이었다. 리처드 도킨스는 《이기적 유전자》에서 "이기심은 유전자의 생존 전략"이라고 설명한다. 이는 우리가 본능적으로 자신을 보호하려는 존재라는 뜻이다.

현대 사회는 더 이상 정글이 아니지만, 우리의 본능은 여전히 살아 있다. 무조건 남을 위해 희생하는 것이 옳은 것처럼 여겨지는 시대에도, 이기심은 나를 지키는 중요한 신호다. 내가 지치고 있다는 것을,

내가 억지로 참고 있다는 것을 알려주는 내면의 목소리이다. 이기심을 억누르기만 하면 결국 무력감과 우울로 이어지고, 반대로 지나치게 키우면 고립과 외로움 속에 빠질 수 있다.

중요한 것은 이기심을 '조율'하는 일이다. 나를 너무 놓치지 않으면서도, 타인과의 조화를 고민하는 것이다. 데일 카네기도 "사람은 무엇보다 자신이 중요하다고 느낀다"고 말했다. 이 본질을 부정하기보다 인정하고, 건강하게 다루는 연습이 필요하다. 이기심은 악이 아니라, 나를 위한 책임이며 나 자신을 보호하는 가장 인간적인 감정이기 때문이다.

그래서 나는 요즘 이렇게 생각한다. 이기심은 나를 위한 다정함이다. 내 진심에 먼저 귀를 기울이고, 내가 진짜 원하는 선택을 할 수 있도록 나를 돕는 일. 누군가에게 진심으로 다정한 사람이 되려면, 그 안에 건강한 이기심이 있어야 한다고 믿는다. 남을 위해 무조건 희생하기보다, 스스로를 보호하는 방식을 아는 사람이 결국 남도 지킬 수 있다.

데일 카네기는 또 이렇게 말했다. "당신이 타인을 도와줄 때, 그로 인해 더 큰 행복감을 느끼는 사람은 바로 당신 자신이다."

이 문장은 우리가 당연하게 여겼던 이타심의 본질을 다시 묻게 만든다. 나는 정말 타인을 위한 마음에서 누군가를 도운 것일까? 아니면, 그 행동을 통해 나 스스로 만족을 얻고, 좋은 사람이 되고 싶은 욕망이 있었던 걸까? 나는 오히려 후자에 더 가까웠다고 솔직히 말할 수 있다. 누군가에게 친절을 베풀고, 다정한 말을 건네고, 시간을 내어줄 때마다 나는 왠지 모를 보람과 따뜻함을 느꼈다. 다정함의 선순환이 좋았다. 그것은 순수한 희생에서 나온 감정이라기보다는, 내가 잘 살고 있다는 신호처럼 느껴졌다. 어쩌면 나의 다정함도 결국 이기심의 확장일지도 모른다.

자기 자신에게 진심인 사람은, 타인에게도 결국 진심이 되기 마련이다. 그러니 다음에 누군가에게 이기적이라는 말을 듣게 된다면, 조용히 마음속으로 되뇌어 보자.

'응, 나 지금 나를 좀 지키고 있어.'

이기심은 나를 위한 다정함이다.
내 진심에 먼저 귀를 기울이고,
내가 진짜 원하는 선택을
할 수 있도록 나를 돕는 일.

사람을 사랑하는 법

누구보다 나를 위하고, 나를 위로하고 싶을 때 사용하는 방법이 있다. 바로 사람을 사랑하는 것이다. 사람을 사랑하는 법은 생각보다 어렵지 않다. 그 방법은 의외로 단순하다. 마음을 선명하게 들여다보는 것. 그렇게만 해도 우리는 겉으로 드러난 모습만으로 사람을 판단하지 않게 된다. 그러면 어느 순간 상대가 애잔하게 느껴지는 순간들이 찾아온다. 그 사람도 나처럼 고군분투하는 존재임을 알아차리는 순간, 내 말투는 조금 더 다정해진다. 타인에게 따뜻한 말을 건넬 줄 아는 내가 되기 시작한다.

그리고 그 변화는 언제나 '나를 아끼는 마음'에서 시작됐다.

이런 방법을 나는 오랜 시행착오 끝에 깨달았다. 나를 아끼는 가장 효과적인 방법은, 아이러니하게도 타인을 무조건 사랑하는 것이었다. 의심보다 신뢰, 불평보다 이해, 비교보다 존중을 선택했을 때 내 마음이 편안해졌다. 누군가의 단점을 곱씹는 불필요한 시간을 지워내고, 질투와 미움에 에너지를 쏟지 않는 것. 이 모든 실천은 결국 타인을 위한 일이 아니라, 나를 위한 일이었다.

이 방법을 알게 된 것은 내가 누군가를 미워하고 있는 내 모습을 정면으로 마주했을 때였다. 그 사람 때문인 줄 알았던 감정은 사실 나 자신이 만든 혼란이었다. 그 사람에 대한 생각이 내 하루를 잡아먹고 있다는 것을 인식한 순간, 이 감정에서 벗어나야 할 이유가 분명해졌다.

사랑은 에너지를 준다. 미움은 에너지를 앗아 간다.

누군가를 좋아하고, 넘어서 사랑하게 되면 내 안에 엔도르핀이 생긴다. 그 사람과 아무 일도 일어나지 않아도, 내가 그 사람을 예쁘게 바라보는 것만으로 내 마음이 단단해지고 따뜻해진다. 이건 아주 사적인 감정의 평화다.

반면, 질투와 원망의 감정은 항상 칼끝이 타인이 아닌 나를 향하게 만든다. 좋은 기운마저 무너뜨리고, 감정의 소용돌이에 스스로를 내던지게 한다.

나는 질투가 올라올 때 이렇게 생각한나. '세상에 이렇게 다양한 인생이 존재하는데, 내가 원하는 삶의 모습이 이렇게 가까이에 있다는 건 오히려 기쁜 일이지.' 그 사람이 먼저 시행착오를 겪어준 덕분에 나는 더 빠른 길을 볼 수 있다고 느끼면, 질투는 원동력으로 바뀐다. 그 사람을 축복하는 일이, 곧 나의 에너지를 지키는 일이 된다.

이 모든 선택의 중심에는 '내 시간을 아끼는 마음'이 있다. 나의 하루가, 나의 감정이 얼마나 소중한지를 아는 사람은 쓸모없는 미움에 시간을 내어주지 않는다.

물론 이 마음을 다스리기까지는 수많은 노력과 연습이 필요하다. 하지만 결국 우리는 모두 '찰나'를 살아가는 사람들이다. 타인의 '찰나'에 나의 인생을 비교하며 나의 소중한 '찰나'의 순간을 놓치지 않기로 한다.

그리고 나는 절대 잊지 않는다. 타인을 미워하지 않기로 결심하면 내 마음에 평화가 찾아온다는 사실. 이건 타인을 위한 마음이 아니라, 오롯이 나를 위한 약속이다.

나를 소중하게 대하는 사람

3년 전, 지금의 남편을 만난 날 이후로 나는 더 오래 살고 싶다는 욕심이 생겼다. 사실, 지난 30년 동안 내가 가장 무례하게 대했던 존재는 바로 나 자신이었다. 누군가 몸이 아프다고 하면 당장이라도 뛰어가 약을 챙겨 주지만, 내가 아프면 실려 가기 전까지 최대한 버티려 했다. 체력이 떨어지고 몸에서 여러 신호가 올 때도 무시하며, 바쁘다는 핑계로 식사를 거르는 일이 다반사였다. 어떤 상황에서도 인상을 쓰는 것보다 억지로라도 웃는 게 더 편하다고 생각했다.

하지만 그를 만나고 나서, 나 자신이 소중하다는 것을 깊이 깨달은 이후부터 변하기 시작했다. 매일 영양제를 챙겨 먹고, 몸이 조금만 안 좋아도 바로 병원을 찾았다. 건강한 음식을 의도적으로 선택하며, 나와 우리의 인생을 위해 꿈꾸는 일이 많아졌다. 내가 존재하는 것이 그 사람의 행복이라면, 나 스스로를 잘 챙기는 것이 얼마나 중요한지 알게 되었다. 그는 나에게 사랑받고 싶다는 마음을 불어넣어 주었고, 그로 인해 나는 나를 더욱 소중하게 여기게 되었다.

한자 '人'은 서로 기대어 있는 모양을 가지고 있다. 내가 지칠 땐 그에게 아이처럼 기대고, 그가 힘들 때 내가 꼭 붙잡아 줄 수 있는 사람이 되려고 한다. 이런 상호작용 속에서 우리는 서로의 존재가 얼마나 중요한지를 느끼고, 함께하는 삶의 의미를 너욱 깊게 느낀다.

187

결국, 사랑은 서로를 지지하는 것에서 시작된다. 내가 나를 아끼고, 상대방과의 관계를 소중히 여기는 것, 그것이 사랑을 지탱하는 다정함이다. 그는 나에게 늘 따뜻한 말과 행동으로 다가와 주었고, 그 덕분에 나는 더 나은 나로 성장할 수 있었다. 나는 앞으로도 그와 함께하는 이 여정을 더욱 소중히 여기며, 나 자신을 사랑하는 삶을 이어가고 싶다.

어른스러운 어른

새로운 사람들을 만나고 대화를 나누다 보면 가끔 울컥할 만큼 멋지다고 느끼는 사람들을 만나게 된다. 그 사람의 말투, 태도, 분위기, 그리고 무엇보다 마음을 대하는 방식에서 나는 자주 '어른이란 무엇일까'를 생각하게 된다.

내가 생각하는 진짜 어른은 항상 하나의 공통점이 있다. 그들은 모두 아이 같은 어른이라는 점이다. 그들의 마음에는 순수함이 살아 있다. 남을 경계하지 않고, 사람을 왜곡 없이 바라본다. 누군가를 처음 만났을 때도 경직된 눈빛 대신 반짝이는 호기심으로 바라보고, 그 사람 안의 좋은 점을 먼저 찾아내려고 한다.

아이 같은 어른은 유쾌하다. 상황이 복잡하고 어려워도 웃음을 잃지 않으며, 지나치게 심각해지지 않고 마음을 가볍게 풀 줄 아는 지혜를 지니고 있다. 그들의 말에는 무게가 있지만, 그 무게가 타인을 짓누르지 않는다. 오히려 그 무게 덕분에 듣는 이의 마음이 편안해진다.

진짜 어른은 지식으로만 무장한 사람이 아니라, 마음을 다루는 법을 아는 사람이다. 어린아이처럼 세상을 투명하게 바라보되, 어른처럼 책임지고 실천할 줄 아는 사람. 그런 어른을 마주할 때마다 나는 감동한다. 말 한마디, 눈빛 하나, 행동의 디테일 속에서 그 사람이 걸어온 시간과 선택의 무게가 느껴지기 때문이다.

그들은 자신이 어른답게 보여야 한다는 부담보다 진심을 전해야 한다는 마음으로 타인을 대한다. 그 모습을 보며 나는 생각한다. 어른이 된다는 것은 감정을 숨기고 강해지는 것이 아니라, 여전히 마음을 열 수 있는 용기를 지닌 채 살아가는 것이라고.

우리는 종종 "어른스럽다"라는 말에서 무거운 책임감과 고단한 무표정을 떠올린다. 하지만 나는 이제 이렇게 정의하고 싶다. 어른스러운 어른이란, 아이 같은 마음을 계속해서 지켜내고 있는 사람이다.

세상을 배웠고, 상처도 겪었고, 실망도 안다. 그럼에도 불구하고 사람을 여전히 믿을 수 있는 사람. 어려운 상황 속에서도 웃음과 말 한마디로 분위기를 풀 줄 아는 사람. 그리고 스스로를 너무 진지하게 바라보지 않는 사람.

　나는 그런 어른이 되고 싶다. 아이 같은 시선을 간직한, 진짜 어른. 그런 어른이 되어 죽는 날까지 유쾌한 할머니로 기억되고 싶다.

그럼에도 불구하고
사랑을 쫓는 이유

사람에게 상처받지 않고 살아온 청춘이 있을까? 사랑에 실망하지 않고, 단 한 번의 이별도 겪지 않은 인생이 있을까?

우리는 수없이 사람에게 기대하고, 그 기대만큼 실망한다. 사랑에 마음을 걸고, 어느새 그 사랑 앞에 작아진다. 상처받고, 눈물 흘리고, 다시는 사랑하지 않겠다고 다짐하기도 한다.

하지만 이상하게도 우리는 또다시 사랑을 찾는다. 누군가에게 마음을 열고, 기대하고, 상처받을지도 모른다는 걸 알면서도 다시 다가선다. 마치 끈질긴 독감처럼 고통스러웠던 이별을 겪고도, 어느 날 또 누군가에게 마음을 내어준다.

왜일까? 왜 우리는 그렇게 애써 사랑을 쫓고 또 쫓는 걸까?

내가 찾은 첫 번째 이유는, 우리는 누군가에게 이해'받고' 싶어 하기 때문이다. "그랬구나, 얼마나 힘들었겠어." 이 한마디 위로에 억지로 꼿꼿하게 붙잡고 산 마음이 무너진다. 누군가가 나의 이야기를 듣고, 나의 입장을 상상해 주기만 해도 위로를 받는다. 사랑이란 결국, 나의 이야기 속으로 누군가가 들어와 함께 앉아주는 행위이기 때문이다.

두 번째 이유는, 우리는 누군가를 이해'하고' 싶어 하기 때문이다. 사랑은 주는 감정이기도 하다. 당신이 왜 그런 말을 했는지, 왜 그렇게 행동했는지를 생각하고 이해하려 애쓰는 그 노력 자체가 사랑이다. 사랑을 통해 우리는 사람의 복잡한 마음을 배워간다. 이해하고, 용서하며, 다정하게 바라보는 연습을 한다.

세 번째 이유는, 우리는 기억되고 싶어 하기 때문이다. 누군가의 하루에, 혹은 평생의 기억 속에 '그 사람 참 따뜻했어, 나를 정말 사랑해 줬지'라는 문장 하나로 남고 싶은 마음.

결국 우리는 잘 살고 싶어 한다. 사랑은 우리 삶의 이유이자, 생의 깊이를 만들어 주는 요소다. 사람은 사랑을 통해 가장 인간답게 완성되어 간다.

소설가 마르셀 프루스트는 이렇게 말했다. "사랑은 우리에게 가장 큰 행복을 가져다주는 동시에 가장 깊은 고통을 안겨준다." 사랑의 복잡한 감정은 나를 성장시키고, 더 나은 사람으로 이끌어준다.

그러니 상처를 받아도 괜찮다. 실패하고, 아프고, 혼자가 되는 순간이 있어도, 그럼에도 불구하고 사랑을 쫓는 당신은 아름답다. 진심으로 사랑했고, 사랑받았던 기억이 있는 사람은 이미 그 인생에 한 번의 깊은 승리를 경험한 사람이다.

사랑을 포기하지 않는다는 것은, 이해를 주고받는 배려, 기억을 통해 자신을 지키고, 더 나아가 잘 살고 싶어 한다는 증거다. 그러므로 우리는 계속해서 사랑을 쫓아야 한다. 그 길이 결국, 진짜 삶의 이유가 되어줄 테니까.

3장

삶을
지속하는
태도

나의 최고의 루틴

"바쁘지 않아요?"

"잠은 언제 자요?"

"시간은 어떻게 관리하세요?"

내가 가장 자주 받는 질문이다. 그런 질문을 받을 때마다 나는 약간 머쓱해진다. 왜냐하면 나는 시간을 기가 막히게 쪼개 쓰는 사람도 아니고, 생산성의 신도 아니기 때문이다. 오히려 종종 헤매고, 하던 일을 미루며, 덜 중요한 것에 집착하는 평범한 인간이다.

하지만 하나, 내가 매일 먼저 지키는 약속이 있다. 바로 하루를 시작할 때 내가 가장 잘하고 싶은 일을 한다는 것이다.

매일 아침, 반드시 내가 해내고 싶은 루틴이 있다. 간단한 스트레칭이나 건강을 위한 운동을 하고, 글을 쓰거나 고요히 앉아 오늘의 감정 상태를 들여다보는 시간. 중요한 건 무엇을 하느냐보다, 그 아침 1시간을 오롯이 나에게 쓰기로 마음먹었다는 사실이다.

무언가를 '잘'하고 싶다는 마음이 들었을 때, 우리는 두 가지 감정 사이에 끼이게 된다. 열망과 초라함. '잘하고 싶은데, 잘하지 못하고 있다'라는 생각이 오래 머물면, 자기혐오가 자리 잡는다. '왜 나는 이것밖에 안 되지?', '왜 또 작심삼일이지?' 이런 생각은 조금씩 무너진 자존감을 더욱 악화시키고, 결국 시도조차 하지 않게 만든다.

감정에 휘말리지 않기 위한 내 방법은 간단하다. 그냥, 한다. 막연하게 느껴지더라도 일단 해본다. 변화가 느껴질 때까지 계속한다.

물론, 말처럼 쉽지 않다. 그래서 중요한 것은 의지보다 환경이다. 나는 하루 중 가장 나를 지킬 수 있는 시간, 외부의 방해를 덜 받는 아침을 선택했다. 야식에 뺏기지 않고, SNS에 삼켜지지 않으며, 피곤하다고 '내일 하지 뭐'라는 마음으로 포기하지 않도록 말이다.

그저 내가 눈을 뜬 이후 무엇을 시작하기 전, '내가 가장 잘하고 싶은 일'을 가장 먼저 한다. 그 일은 쉽고, 가볍게, 오래 할 수 있는 일로 정한다.

사실 '계속하는 것'은 대단한 열정의 결과물이 아니다. 오히려 의지를 덜 믿게 된 이후에야 진짜 꾸준함을 배웠다. 의지에만 기대면 나를 자책하게 된다. 그러나 루틴은 그런 나도 감싸준다. 루틴은 내가 멈췄을 때 다시 시작할 수 있는 자리를 지켜준다.

계속하려면, 작고 단순해야 한다. 계속하려면, 하루의 시작에 두어야 한다. 열망은 뜨겁지만 현실은 나를 쉬이 초라하게 만든다. 그럴 때 나는 묻지 않는다. '오늘도 할 수 있을까?'가 아니라 '오늘도 그냥 하자'.

그렇게 하루하루 내가 가장 잘하고 싶은 일을 하루의 제일 앞자리에 놓는 것. 그것이 내가 만든 나만의 최고의 루틴이다. 그리고 그 루틴이 내 초라함을 지나 결국 나를 만들어간다.

아침은 열고, 밤을 닫는 리추얼

　정신없는 하루를 보내고 캄캄한 밤이 되어 집으로 돌아가는 길. 하루에 끌려다닌 느낌을 지울 수가 없는 날이 있다. 그런 날이면 다시 하루를 내가 스스로 통제하리라 마음먹는다. 장밋빛 미래를 꿈꾸기보다, 지금 이 순간에 집중하는 것. 고단한 하루를 보낸 날일수록 시선은 지 끼 손에 닿지 않는 미래로 향하지만. 나는 오늘이라는 시간을 붙잡으며 다시 현실로 돌아온다. 현실에 안주하는 것이 아니라, 지금 내게 주어신 하루를 잘 살아내는 것. 신기하게도 그렇게 마음을 먹고 나니 정말 하루가 조금씩 내

손안에 들어오기 시작했다.

나의 경험상 하루를 잘 통제하려면, 자꾸만 과거를 들춰내서 후회하거나 먼 미래에 나의 하루를 걸지 않아야 한다. 그 대신 오늘 하루를 작게 끊어 시간 단위로 계획을 세우면 자연스럽게 지금에 집중하게 된다. 그리고 그렇게 잘 살아낸 하루들이 차곡차곡 쌓여 '나'라는 사람을 만들어간다.

이 감각을 놓치지 않기 위해 나는 하루의 시작과 끝을 나만의 '리추얼'로 채운다. 단순한 습관이나 루틴이 아닌, 삶을 내가 주도하고 있다는 느낌을 주는 작고도 정성스러운 의식. 아침에는 림프샘 스트레칭으로 몸을 10분간 깨운다. 피곤한 날엔 침대 위에서라도 꼭 한다. 그다음엔 일기처럼 오늘의 할 일 리스트를 써 내려간다. 오전엔 급한 일정이 없다면 나 자신에게 주는 선물 같은 시간을 보낸다. 집에서 3분

거리에 있는 스타벅스를 뒤로하고, 굳이 더 멀리 있는 스타벅스 리저브 매장에 가서 그곳에만 있는 메뉴인 따뜻한 블랙 밀크티를 마신다. 이것이 나의 하루를 여는 선물 같은 의식이다.

잠이 오지 않는 저녁에는 내가 사랑하는 마테차를 미온수로 내려 마신다. 그리고 나의 심신 안정에 도움을 주는 스스로 선정한 '이달의 도서'를 펴고, 좋아하는 목차의 페이지를 펼친다. 이달의 도서는 오로지 나의 심신 안정을 위한 책이기 때문에, 순서대로 읽지 않고 뒤죽박죽 읽어도 괜찮다. 이렇게 나의 하루를 내가 스스로 꽉 쥔다. 나의 하루치 구분선을 만들어 두고 규칙적인 시간에 행하는 사소하고 정성스러운 리추얼은 아침을 열고 밤을 닫는 순간에 엄청난 안정감을 준다.

결국 좋은 삶으로 가는
인생 테트리스

살다 보면, 인생이 마치 테트리스처럼 느껴질 때가 있다. 무작위로 쏟아지는 조각들, 어떤 것은 모양이 맞고, 어떤 것은 전혀 들어맞지 않는다. 그 조각들을 어떻게 배치하느냐에 따라 판이 정리되기도 하고, 엉망이 되기도 한다.

좋은 삶도 이와 같다. 삶을 구성하는 조각들을 잘 맞춰 나갈수록, 덜 흔들리고 덜 불안한 삶이 쌓인다. 그리고 그 조각들의 순서는 이렇게 이어진다.

하루의 질

　가장 첫 번째 조각은 '감정'이다. 오늘 내가 느끼는 감정은 무엇인가? 불안한가, 기대되는가, 지치는가, 설레는가? 감정은 통제할 수 없지만, 그 감정을 어떻게 다룰지는 내가 선택할 수 있다. 불안해도 침착할 수 있고, 지쳐도 따뜻하게 대할 수 있다.

　다음은 '태도'다. 감정을 기반으로 하루를 어떻게 대할지를 결정하는 단계다. 피할 것인가, 마주할 것인가. 탓할 것인가, 책임질 것인가. 태도는 감정보다 더 큰 힘을 가진다. 왜냐하면 태도가 곧 행동이 되고, 결과로 이어지기 때문이다.

그다음은 '자기 관리'. 여기서 말하는 자기 관리는 거창한 것이 아니다. 내 방의 온도, 냉장고의 음식, 내가 입은 옷, 씻는 습관, 먹는 식사, 가꾸는 몸. 이 모든 것이 오늘 하루의 에너지를 결정한다. 스스로를 대하는 태도가 결국 생활에 반영되고, 그 생활이 나의 삶을 말해준다.

마지막으로 이 모든 요소가 모여 '오늘 하루'의 질을 만든다.

좋은 하루가 쌓이면 좋은 일주일이 되고, 좋은 일상이 쌓이면 결국 좋은 삶이 된다. 삶은 한 번에 바뀌지 않는다. 좋은 인생을 만들고 싶다면, 오늘 하루부터 내가 주도해야 한다.

삶이라는 테트리스에서 우리는 조각을 선택할 수 없다. 하지만 그 조각을 어떻게 배치할지는 오롯이 내 몫이다. 감정을 다루고, 태도를 정돈하며, 자기 삶을 돌보고, 하루를 살아내라. 그 하루하루가 차곡차곡 쌓이면 결국 내 삶은 서서히 정리되고, 단단해진다. 좋은 삶은 그렇게 만들어진다. 나의 하루를 내가 주도하는 간가이 쌓이면, 좋은 인생은 결국 따라온다.

좋은 하루가 쌓이면
좋은 일주일이 되고,
좋은 일상이 쌓이면
결국 좋은 삶이 된다.

아름다움을 즐기는 것은
돈이 들지 않는다

오늘 아침, 핸드폰이 쉴 새 없이 울렸다. "급해요! 지금 바로 확인해 주세요!" 메시지 몇 줄에 하루가 우르르 무너지는 기분이었다. 분명히 오늘 아침에는 좋은 햇살을 맛이하며, 강아지와 한 바퀴 여유롭게 산책 후에 출근할 계획이었는데, 결국 쫓기듯 차에 올라타 마음 급하게 액셀을 밟았다. 평소 같으면 주황 불에 여유롭게 넘췄을 신호등노 오늘은 부시한 채 휙 지나쳤다. 마치 내가 서두르면 세상 모든 문제도 함께 해결될 것처럼 느껴졌다.

그날 아침을 다시 생각해 보면, 놓쳐버린 것이 너무 많았다. 봄비에도 우직하게 나뭇가지에 매달려 있던 꽃잎, 작은 물방울 하나에 깔깔 웃던 아이들의 맑은 웃음소리, 산책을 기다리며 날 보고 신나게 웃던 우리 집 강아지 머랭이. 그 모든 순간이 참 아름다웠다. 하지만 나는 보지 못했다. 아니, 보지 않았다. 너무 바쁘다는 이유로, 너무 급하다는 이유로, 삶의 본질을 스쳐 지나갔다.

아름다움은 늘 그 자리에 있다. 우리는 그걸 '돈 주고 사야만' 느낄 수 있다고 착각한다. 고급 레스토랑의 디너코스, 명품 가방, 해외 여행지의 석양… 그런 것들만이 우리 삶을 빛내준다고 믿는다. 하지만 가장 진한 기쁨은 전혀 다른 곳에 있다. 돈이 들지 않는 곳, 아무도 값을 매기지 않는 곳에 있다.

소설가 헤르만 헤세는 말했다. "가난한 사람들조차도, 가장 아름다운 기쁨이 돈 들지 않는다는 것을 모른다." 우리는 너무 자주, 너무 쉽게 '눈앞의 속도'에 휘둘린다. 더 빠르게, 더 많이, 더 효율적으로. 하지만 빠를수록 시야는 좁아지고, 많이 가질수록 감각은 무뎌진다.

정작 우리가 놓치고 있는 것은 길가의 풀잎 하나, 따뜻한 햇살 한 줄기, 카페에서 들려오는 낯선 사람들의 웃음소리 같은, 돈으로는 살 수 없는 것들이다. 자연에 눈 뜬 사람은 거리를 걸을 때도 마음이 부유해진다. 시간에 쫓기는 사람이 보지 못하는 장면을 보고, 불안에 짓눌린 사람이 듣지 못하는 소리를 듣는다. 눈은 더 맑아지고, 마음은 더 단단해진다.

나는 이 글을 통해 이야기하고 싶다. 이토록 많은 사람들이 돈 없이 누릴 수 있는 기쁨을 모른다는 사실이 가장 안타깝다고. 그리고 그 기쁨이야말로 지친 몸을 추스르고 마음을 회복하게 해주는 가장 정직하고, 지속적인 '사치'라는 것을.

사소한 기쁨들은 대체로 반복된다. 그렇기 때문에 더욱 깊다. 아침 햇살, 창밖 나무의 흔들림, 늦은 밤 내 방을 비추는 스탠드 불빛. 이런 반복되는 장면들 속에서 우리는 삶의 결을 느낀다. 그리고 비로소 알게 된다. 우리를 살게 하는 건 거창한 쾌락이 아니라, 소소한 아름다움들이라는 사실을.

내일 아침에도 분명히 바쁠 것이다. 핸드폰은 또 울릴 것이다. 그럼에도 나는 나를 잠시 멈추게 하고 싶다. 우리 집 아파트 단지 내 아이들과 눈인사를 나누고, 떨어지는 꽃잎 하나에 감탄하고, 양화대교를 건너며 보이는 한강의 윤슬을 보고 아름답다 말하고 싶다. 왜냐하면 그 모든 순간은 세상에서 가장

값지고 가장 아름다우며, 나를 회복시켜주는 일이
기 때문이다.

내가 시간을 쓰지 않는 것에 대하여

요즘 나는 '시간을 어디에 쓰는가'보다 '시간을 어디에 쓰지 않을 것인가'를 더 자주 고민한다. 가장 아깝다고 느끼는 시간은 내가 통제할 수 없는 것에 휘둘리는 시간이다.

어떤 날은 눈 뜨기가 싫다. 스케줄이 빽빽하거나, 전날 남편과 다툰 감정이 아직 내 안에 가라앉지 않았을 때, 불안이 마음에 오래 머무는 날이면 나는 아침부터 빠르게 질문을 시작한다. 왜? 왜 지금 이런 감정이 드는지, 왜 나는 이 상황을 해결하지 못했는지.

　그런데 때로는 아무리 질문해도 답이 나오지 않는 날이 있다. 그럴 때 나는 깨닫는다. '아, 내가 지금 통제할 수 없는 것에 집착하고 있구나.' 내가 가장 무력하게 느껴지는 순간은 늘 똑같다. 이미 지나간 과거를 곱씹으며 후회할 때다. 그 시간은 되돌릴 수도, 통제할 수도 없다. 그래서 나는 결심했다. 과거를 포기해야, 오늘을 얻을 수 있다.

　통제할 수 없는 것 중에서 가장 큰 몫은 타인의 생각이다. 상대방이 나를 어떻게 생각하는지, 지금 무슨 감정을 가지고 있는지, 그 사람의 머릿속을 이해하려 애쓸수록 나는 점점 더 지치고 흐려진다. 그게 설령 '진짜 마음'이라 하더라도, 그것은 나의 일이 아니다. 그건 나의 영역 밖이다.

그 대신 내가 할 수 있는 건 내 생각과 행동을 고르는 일이다. 오직 그 선택만이 지금 이 순간의 나를 지탱해 준다. 나는 이제 내 인생에서 깊어지는 온기를 오래 지켜내기 위해 타인의 머릿속까지 이해하려 들지 않기로 했다. 그렇게 하지 않아도 충분히 사랑할 수 있고, 충분히 다정할 수 있으며, 충분히 나답게 살아갈 수 있다는 것을 배우게 되었기 때문이다.

행복하게 살고 싶다면, 내 머릿속에서 맴도는 생각의 성질을 바꿔야 한다. 끝없이 이어지는 걱정의 소용돌이 대신, 딱 한 가지 질문을 던진다. "이건 내가 바꿀 수 있는 일인가?" 그 질문 하나만으로도 생각의 방향이 바뀐다.

그리고 나의 하루는 내가 통제할 수 있는 것들로만 채워지기 시작한다. 누군가의 마음, 지나간 과거, 알 수 없는 미래. 이 모든 것들에는 더 이상 시간을 쓰지 않기로 했다. 그 시간에 나는 나의 생각을 들여다보고 나의 선택을 정성스럽게 고른다.

그것이 내가 지키고 싶은 하루의 방식이다. 내 삶의 주도권을 되찾고, 나 자신을 따뜻하게 대하는 하루를 만들어가고 싶다.

선택이 태도가 되는 순간들

살다 보면 세상이 유난히 복잡하게 느껴지는 순간이 있다. 해야 할 일은 쌓여 있고, 마음은 쉬이 움직이지 않는다. 이유를 알 수 없는 무력감이 찾아오고, 별일 아닌 말에 상처받기도 한다. 그럴 때 우리에게 필요한 건 새로운 기술이나 큰 결심이 아니라, 어쩌면 조금 단순해진 시선일지 모른다. 세상을 아주 단순하게 나누어보는 것만으로도 마음은 한결 가벼워진다.

세상에는 '하는 사람'과 '하지 않는 사람'이 있다.

머릿속에만 머물고 있는 이들과, 비록 서툴지라도 한 걸음 먼저 내딛는 이들. 많은 이들이 실패를 두려워하지만, 삶을 바꾸는 건 결국 행동이다. 지금 할 수 있는 가장 작은 실천이 나를 조금 더 나은 방향으로 이끈다. 생각만으로는 길이 생기지 않는다. 길은 움직일 때 생긴다.

또 다른 분류는 '웃는 사람'과 '우는 사람'이다. 웃음은 언제나 마음이 평온해서 나오는 게 아니다. 그건 연습의 결과이자, 하나의 의지다. 작은 기쁨을 포착하고, 그 기쁨에 오래 머무는 감각. 그건 단순한 성격이 아니라 선택이다. 반대로 우는 사람은 단지 어둠 속에 잠시 머물러 있는 중이다. 중요한 건, 그 어둠 속에서도 다시 웃을 수 있다는 가능성을 포기하지 않는 마음이다.

세상에는 '칭찬하는 사람'과 '비난하는 사람'도 있다.

누군가의 말 한마디가 하루를 통째로 무너뜨릴 수도, 평생 기억될 소중한 하루로 만들 수도 있다. 칭찬은 단순한 덕담이 아니다. 누군가의 내면을 들여다본다는 의미고, 그 사람이 미처 몰랐던 빛을 건네는 일이다. 반대로 비난은 종종 자신도 모르게 무기가 된다. 단호한 지적과 차가운 언어는 관계를 단절시키고 마음을 닫게 만든다. 사람은 결국 따뜻한 말에 반응하게 되어 있다. 내가 먼저 칭찬하는 사람이 될 수 있다면, 그것만으로도 삶은 조금 더 부드러워진다.

그리고, '기쁨을 선택하는 사람'과 '슬픔에 머무는 사람'도 있다. 누구나 슬픔을 겪고, 고통을 지난다. 하지만 거기에 머물지, 조금씩 빠져나올지를 결정하는 건 각자의 선택이다. 기쁨은 화려하지 않다. 어떤 날은 창문 너머 햇살, 우연히 들은 노래 한 소절, 책갈피 속 문장 한 줄일 수도 있다. 그런 조용한 기쁨을 알아보는 눈이 있을 때, 삶은 다시 부드럽게 이어진다.

우리는 삶의 복잡함 앞에서 늘 방향을 고민한다. 하지만 가끔은 그 복잡함을 단순한 시선으로 가르는 연습도 필요하다. 이분법적 사고가 아니라, 선택의 기준을 가볍게 만드는 마음의 여유. 하는 쪽을, 웃는 쪽을, 칭찬하는 쪽을, 기쁨을 고르는 쪽을 선택할 수 있다면, 세상은 조금 덜 버거워질 수 있다. 그리고 그렇게 쌓인 작은 선택들이 결국 나의 태도가 되고, 그 태도는 내가 세상을 통과하는 방식이 된다. 세상이 달라지지 않더라도, 그 안을 살아가는 나는 분명 달라질 수 있으니까.

헷갈릴 때면, 조금 더 '멋'이 있는 쪽을 선택하기로 했다

멋은 흔히 외양이나 스타일, 유행과 같은 겉모습으로 규정되곤 한다. 하지만 시간이 지날수록 나는 그것이 얼마나 피상적인 정의인지 깨닫는다. 진짜 멋은 겉으로 드러나기보다, 안으로 스며드는 것이다. 그건 눈에 띄기보다 스스로에게 떳떳한 태도에서 비롯된다. 말보다 행동이 더 많은 것을 보여주는 사람, 조용하지만 깊은 확신을 지닌 사람. 멋은 결국 그렇게 살아가는 방식에서 완성된다.

이런 생각을 처음 하게 된 건 유난히 땅 냄새가 진하게 올라오던 어느 봄날이었다. 어릴 적, 우리 집에는 전통이 있었다. 식목일이면 작은 나무 한 그루, 아니면 이름도 모르는 들꽃 한 송이라도 꼭 심는 것이었다. 대단한 일은 아니지만 마치 세상을 바꾸는 일처럼 느껴졌다. 흙 묻은 손으로 삐뚤게 심은 나무를 보며 아버지는 늘 말했다.

"멋지다. 이 나무 한 그루는 크게 자라 우리를 숨 쉬게 해줄 거야."

그 말은 단순한 칭찬이 아니었다. 한 사람의 행동에 담긴 진심을 알아봐 주는 태도, 그걸 나는 '멋'이라고 느꼈다.

그날 이후, 식목일이면 왠지 모르게 '멋진 무언가를 해야 할 것 같은' 마음이 들었다. 누가 시키지 않아도, 누가 보지 않아도 길가에 떨어진 쓰레기를 줍고, 누군가의 말을 끝까지 들어주는 일을 나는 '멋'이라 부르고 싶었다. 그 행동이 크고 대단하지 않더라도, 그 안에 담긴 나의 의도와 마음만큼은 진심이었기에 그 자체로 의미 있었다. 그리고 그런 순간이 쌓일수록 나는 스스로를 조금 더 좋아하게 되었다. 누구보다 나에게 떳떳해지는 순간들, 그게 자존감을 만들어줬다. 결국, 멋은 '스스로를 자랑스럽게 여기는 마음'에서 시작된다는 걸 그때 알게 된 것 같다.

우리는 가끔 술에 취해 자신을 잊는다. 술은 일시적인 도피처일 수는 있지만 지속적인 만족은 결국 '자기 자신에게 취하는 일'에서 온다. 나의 모난 부분까지 인정하며 살아가는 용기. 그 용기가 바로 가장 성숙한 자기 사랑이고, 타인을 이해할 수 있는 출발점이 된다.

스스로를 신뢰하는 사람은 삶의 파도 앞에서 쉽게 휘청거리지 않는다. 자신이 어떤 사람인지 알고 있고, 본인이 내린 선택이 어디에서 비롯된 것인지 분명히 알기 때문에 타인의 평가에 쉽게 휘둘리지 않는다. 그들은 조용하지만 단단하고, 화려하지 않지만 깊다. 자기 확신은 거창한 명언에서 비롯되지 않는다. 작은 약속을 지키는 것, 남이 모를 작은 일에 진심을 다하는 것, 그런 반복 속에서 나에게 쌓이는 내면의 믿음이다.

살다 보면 우리는 수많은 선택 앞에 선다. 그때마다 나는 조용히 나 자신에게 묻는다.

"이 선택이 나를 더 나은 방향으로 이끌 수 있을까?"

그 질문에 솔직하게 답할 수 있다면, 내가 무엇을

해야 하는지는 명확해진다. 그리고 그런 선택들이 결국 내 삶의 결을 만든다. 그 결은 세월이 지나도 지워지지 않고, 때론 누군가의 눈에 '멋'이라는 이름으로 남기도 한다.

멋이란, 자신을 사랑하는 사람에게 자연스레 따라오는 빛이다. 그 빛은 말보다 행동으로, 요란함보다 태도로, 설명보다 여운으로 남는다. 그런 사람 곁에 있으면 나도 괜히 더 괜찮은 사람이 되고 싶어진다. 그게 진짜 멋이다. 누군가의 삶에 좋은 자극이 되는 것.

그래서 나는 오늘도, 멋있는 사람이고 싶다. 스스로를 사랑하고 신뢰하며, 다시 또 나다운 선택을 해나가는 사람. 그런 사람으로 살기 위해, 나는 오늘도 나에게 묻는다.

"지금 이 선택, 멋이 있는가?"

나는 오늘도,
멋있는 사람이고 싶다.
스스로를 사랑하고 신뢰하며,
다시 또 나다운 선택을
해나가는 사람.

헛걸음도 걸음이다

어떤 일이 잘 풀릴 때도, 잘 풀리지 않을 때도 더이상 내 탓도 남 탓도 하지 않는다. 다시 시작할 수있는 사람은 경험이라는 단어 안에서 위로를 찾는다. 나의 하루를 지키기 위해, '상심하지 않는 방법'을 천천히 배워왔다. 그 방법은 단순하다. 크게 기대하지 않고, 크게 탓하지 않는 것. 그리고 만족스럽지 않은 결과에는 '경험'이라고 부르는 것이다.

실패도, 후회도, 오해도, 그저 '필요했던 경험이었다고 받아들이는 순간, 상심도 줄어들고 낭비에

대한 분노도 사라진다. 누구 탓도 하지 않으니, 다시 일어설 힘도 생긴다. 상심도, 탓하는 일도 결국은 에너지다. 그 에너지를 줄이면 또 다른 시도에 더 많이 쓸 수 있다. 그러니 나는 상처받기보다 배우는 쪽을 선택한다.

나는 2020년부터 2022년까지 사무실 임대료로 1,500만 원을 내면서 고정비의 무서움을 뼈저리게 느꼈다. 그리고 2년 뒤, 차곡차곡 모은 자금으로 합정동에 50평짜리 꼬마 빌딩을 샀다. 우리 회사 이름이 적힌 그 건물 안에서 우리는 마음 편히 일했다.

아픈 사랑을 겪고 나니, 나는 어떤 사람과 어울리고 어떤 사랑이 나를 망치지 않는지를 알게 되었다. 그 결과, 나보다 더 섬세하고 다정한 사람을 만났고, 2024년 12월 21일, 그 사람과 행복한 가정을 이뤘다. 돌아보면 헛걸음을 참 많이 했다. 하지만 그 헛걸음이 있었기에 어느 방향으로 가야 하는지 눈에 보였다. 길이란 원래 한 번에 보이지 않는다.

데일 카네기는 "실패는 우리가 다시 똑바로 일어설 수 있도록 준비시키는 계단이다"라고 말했다. 헛걸음은 실수가 아니다. 그것은 내 방향을 더 정확하게 만들어주는 연습이다. 실패는 오히려 확신을 만드는 재료가 된다.

그러니 망설이지 말라. 혹시 이 길이 틀린 건 아닐까, 돌아가는 건 아닐까 주저하지 않았으면 한다. 헛걸음도 결국은 걸음이다. 당신은 그 길 위에서 걷고 있다. 잠시 돌아가는 것처럼 보여도, 그 모든 시간은 당신이 부단히 앞으로 나아가는 중일 것이니.

망설이지 말라.
혹시 이 길이 틀린 건 아닐까,
돌아가는 건 아닐까
주저하지 않았으면 한다.
헛걸음도 결국은 걸음이다.

내가 가진 가장 큰 힘, '꾸준함'

나를 실제로 만난 사람들은 종종 장난스럽게 말한다. "생각보다 재미없는 사람이네요!" 나는 재미없는 이야기를 재미있게 풀어내는 것을 좋아하는 사람이다. (결론적으로는 재미없다는 소리이긴 하다.) 진부한 가사를 가진 90년대 한국 발라드를 즐기고, 매일 아침 8시 30분에 일어나는 루틴을 지키며 살아간다. 예측 가능한 삶에서 안정감을 느끼는 사람이다.

힉칭 시절, 굳이 시험 전날 반 전체의 등수를 올리고 싶다는 목표를 세워 칠판 앞에 서서 "이 부분만 꼭 외워!"라고 외치며 10분 족집게 강사를 자처했었다. 사회인이 된 지금은 10년째 같은 회사를 운영하며 매년 천천히 그러나 꾸준히 우상향하는 매출을 만들어가고 있다. 여전히 오지랖이 넓고, 브랜드와 사람, 사물에 꾸준히 관심을 갖고 살아가는 사람이다.

주말이 되면 인스타그램에서 '무물'을 여는 것도 나의 습관이 되었다. 얼마 전 이런 질문을 받았다. "해인 님의 강점은 뭐예요?"

그 질문을 받은 날, 고민 끝에 선택한 답은 바로 '꾸준함'이었다. 그리고 그 꾸준함을 담은 그림을 직접 그려 넣었다.

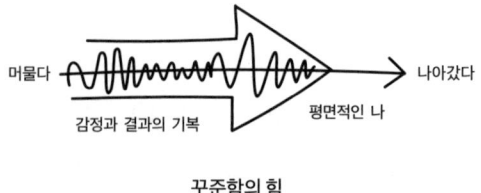

꾸준함의 힘

감정과 결과에 휘둘리지 않고, 그저 나아가는 방향을 선택하는 삶. 기분이 좋다고 들뜨지 않고, 나쁜 결과가 나왔다고 멈추지 않는 태도. 그것이 내가 살아가는 방식이다.

사실 나는 매우 감정적인 사람이다. 그래서 내 첫 번째 책의 제목도《감정은 사라져도 결과는 남는다》였다. 이 문장은 타인에게 하는 말이 아니라, 나 자신에게 했던 말이다.

기복이 심한 내 감정이 싫었던 시절도 있었지만, 나를 이해하고 포용하려 애쓰면서 그 감정조차 내 일부로 받아들이게 되었다. 이제는 감정의 파도 속에서도 방향을 놓치지 않는다. 불안하고 흔들리는 날조차, 결국은 '나아가는 흐름' 안에 있으니까.

심리학자 마틴 셀리그만은 "작은 일에 충실하라.

그것이 결국 큰 신뢰를 만든다"라고 말했다. 나에게 그 작은 일이란 오늘도 반복되는 루틴 속의 삶이다. 일회일비하지 않으며, 감정에 휩쓸리지 않고, 내가 정한 방향으로 조용히 걸어가는 일이다.

나는 이 꾸준함이 결국 나를 살린다고 믿는다. 이기는 것은 '폭발적인 순간'이 아니라, 흔들려도 멈추지 않는 '지속적인 흐름'이라는 것을 내 삶에서 배웠다. "꾸준함은 내가 가진 가장 큰 강점이고, 방향이며, 나의 인생의 흐름이다." 그 꾸준함이 나를 지탱하고, 다시 앞으로 나아가게 만든다.

진심은 결국 통한다

오프라 윈프리는 세계적인 방송인이자, 자수성가한 여성 리더의 상징이다. 그녀는 화려한 무대보다 조용한 이야기 속에서 사람의 마음을 건드리는 능력이 있다. 수십 년간 진행한 〈오프라 윈프리 쇼〉는 '인터뷰 쇼의 교과서'라 불릴 정도로 감동적인 순간을 많이 만들어냈다. 오프리의 방식은 특별하지 않다. 그저 진심으로 묻고, 끝까지 들어줄 뿐이다. 그 안에서 사람들은 마음을 열고, 때로는 눈물을 흘린다.

우리는 너무 많은 말을 들으며 살아간다. 하지만 정작 '내 이야기를 누군가 들어줬다'는 기억은 드물다. 그래서 오프라처럼 진심으로 들어주는 사람이 특별해진다. 그녀는 이렇게 말했다. "당신이 누구인지 아는 것이, 당신이 어디로 가고 있는지를 아는 것보다 더 중요합니다." 이 말은 삶의 방향을 찾기 위해서는 자신을 이해하고 존중하는 것이 필수적이라는 깊은 의미를 담고 있다.

다정함은 때로 말보다 '침묵의 경청'에서 드러난다. 사람을 향한 존중, 그 자체가 배려다. 내가 누군가를 진심으로 대할 때, 상대는 반드시 그 진심을 느낀다. 말이 아닌 태도에서, 진심 어린 마음은 통하는 것이다. 상대방의 이야기를 진지하게 들어주고, 그들의 감정을 이해하려는 노력을 기울일 때, 우리는 진정한 연결을 이룰 수 있다.

오프라의 방식은 우리에게 중요한 교훈을 남긴다. 진심으로 상대를 이해하고 다가가면, 세상은 조금 더 따뜻해질 수 있다는 것. 진정한 소통은 서로의 마음을 열고, 다정함을 나누는 데서 시작된다. 그러니 오늘도 누군가의 이야기에 귀 기울이고, 진심으로 반응해보자. 그것이 우리가 세상을 변화시키는 작은 시작이 될 것이다

사소한 사건이 쌓여
거대한 내가 된다

어느 날, 넷플릭스를 무심코 넘기다 우연히 다큐멘터리 한 편을 보게 되었다. 제목은 〈우리의 지구〉. 자연의 장관과 공존의 철학을 담은 다큐멘터리였다. 그야말로 요즘 시대에 가장 심드렁하게 넘겨질 주제일 수도 있지만, 나는 그날 한참을 그 화면 앞에 붙잡혀 있었다.

다큐는 지구 반대편의 정글에서 시작된다. 카메

라는 거대한 악어의 사냥을 따라간다. 물소 한 마리를 노리며 악어는 물 위를 가르며 돌진하지만, 결국 실패한다. 실패한 사냥에 놀란 수십 마리의 물소가 무리를 지어 도망친다. 그 도망이 시작점이었다. 수백 개의 발굽 아래 다져진 땅 위에는 풀이 자라기 시작하고, 그 풀은 곧 다른 초식 동물들의 먹이가 된다. 초식 동물들은 다시 다른 지역으로 이동하며 씨앗을 퍼뜨리고, 그들은 또다시 육식 동물들의 먹이가 되어 생태계의 순환에 기여한다.

모든 자연의 움직임은 눈에도 잘 보이지 않던 작은 씨앗 하나에서 시작된다. 거대한 숲을 이루는 것은 그 작고 사소한 순간들에서 출발한다. 부패한 나무는 땅에 영양분이 되어주고, 작은 생물의 흔들림은 숲의 호흡이 된다. 그렇게 쌓이고 반복된 순환은 마침내 열대 우림을 만들고, 그 열대 우림은 뿜어낸 습기로 지구 반대편의 빙하에까지 영향을 준다. 사소해 보이는 실패와 미미한 움직임 하나가 결국 지구 전체의 균형을 바꾼다.

그 모습을 보며 나는 깊은 감탄을 느꼈다. 자연은 단 한 번의 실패조차 헛되이 흘려보내지 않는다. 오히려 그것을 생명의 시작점으로 삼는다. 거대한 영향력은 언제나 아주 작은 것에서 시작된다는 진실. 그렇게 자연의 흐름을 따라가다 보니, 문득 오늘 아침의 나를 떠올리게 되었다.

눈을 뜨자마자 본능적으로 손이 향한 초코 웨하스. '아, 맞다. 일어나자마자 따뜻한 미온수를 마시기로 했었는데….' 작심삼일조차 되지 못한 나의 다짐이 무너진 순간이었다.

하지만 그 순간 문득 다큐 속 씨앗들이 떠올랐다. '내가 지금 심은 이 사소한 행동 하나도 씨앗일 수

있겠구나.'

　우리가 너무 자주 간과하는 사실이 있다. 거대한 것은 처음부터 거대하지 않다. 시작은 언제나 작고 보잘것없는 흔들림이다. 그리고 그 작은 진동 하나가 꾸준히 이어질 때, 사람을 바꾸고, 삶을 바꾸며, 결국 운명까지 바꾼다.

　내가 지금까지 만나본 대단하면서도 겸손한 사람들은 하나같이 이렇게 말한다. "운이 좋았어요." 그 겸손한 말 뒤에 감춰진 것은 사실 '성실한 사소함'이다. 운이란 자기 자리에서 주어진 소명을 진지하게 감당한 사람에게만 오는 우연이다.

　내가 만난 가장 성숙한 사람들은 누구보다 오늘을 가볍게 여기지 않았다. 작은 미팅 하나, 회의 안건 하나, 메신저 답장 한 줄에도 '이건 단지 사소한 일이 아니야'라는 태도로 임했다.

생각해 보면 우리의 인생은 거대한 순간보다 수많은 사소한 선택들로 이루어져 있다. 아침에 무엇을 먼저 먹었는지, 퇴근 후 어떤 생각을 반복하는지, 짜증이 밀려올 때 어떻게 숨을 고르는지. 그 작고 자주 반복되는 것들이 결국 내 삶의 결을 만든다.

그러니 이 글을 읽고 있는 지금, 지금의 나를 만든 것은 대단한 한 방이 아니라 쌓이고, 쌓이고, 또 쌓인 사소한 사건들이라는 것을 잊지 말았으면 한다.

그렇다. 오늘 내가 마신 한 잔의 물, 오늘 내가 넘긴 한 페이지의 책, 오늘 내가 던진 한 마디의 진심이 모두 내 인생의 씨앗이다.

지금은 작고 초라해 보여도, 내일의 내가 거대한

숲으로 자라날 수 있도록 나는 오늘도 조용히 씨앗 하나를 심는다.

아름다운 것을 볼 줄 아는
네가 아름다워

나의 전 남자 친구이자 지금은 남편이 된 그는 내가 계절마다 피어나는 꽃을 보며 "기특하다"라고 감탄할 때, 이렇게 말하곤 했다. "아름다운 것을 볼 줄 아는 네가 아름다워." 그리고 우리 집 강아지가 귀엽게 행동하면, 그 모습을 하나하나 설명하며 "너무 귀엽지 않아?" 하고 말하는 나에게 또 이렇게 덧붙인다. "귀여운 행동을 보고 나에게 설명하는 네가 더 귀여워."

그가 그런 말을 할 때면 나는 괜히 쑥스러워 "아
~ 뭐래~" 하면서 얼버무린다. 하지만 마음속 한편
에서는 그의 말을 곱씹고 있다. 그의 말이 맞다. 나
는 정말로 아름다운 것을 좋아한다. 그리고 그런 걸
발견하는 내가 참 좋다.

퇴근길, 구름 사이로 물드는 노을을 보면 마음이
조용해지고, 이어폰에서 흘러나오는 음악에 맞춰
리듬 타는 옆 사람을 보면 그 생경한 순간이 왠지 모
르게 사랑스럽다. 강아지는 항상 나를 보고 웃고 있
다. 내가 시선을 돌릴 때마다 마치 "오늘 하루도 수고
했어"라고 말하는 것처럼.

이 작은 아름다움들을 마주할 때면 내 마음속에
쌓여 있던 불안과 두려움, 어설픈 자책과 실패에 대
한 기억들이 스르륵 씻겨난다. 문득 이런 생각이 든
다. 세상은 두 종류의 사람으로 나뉘는 게 아닐까?

아름다움을 발견하는 사람과 그런 사람을 사랑하는 사람.

꽃을 보고 멈추는 사람, 작은 웃음에도 감동하는 사람, 그 모든 감각에 눈이 떠 있는 사람. 그리고 그런 사람의 옆에서, 그가 보는 것들을 함께 바라보며 그 자체로 기뻐하는 사람.

살다 보면 내가 얼마나 운이 좋은 사람인지 잊고 살 때가 많다. 하지만 그런 순간이 나를 다시 일으켜준다. 내가 아름다운 것을 볼 줄 아는 사람이라는 것, 그리고 그걸 함께 나누며 웃어주는 사람이 곁에 있다는 것.

우리는 모두 그렇게 사소한 순간 속 아름다움을 알아보는 사람, 혹은 그런 사람을 사랑하는 사람으로 서로의 하루를 더 따뜻하게 물들인다. 그리고 마지막으로, 그가 나의 이름을 불러주면 나도 누군가의 꽃이 되었다는 사실을 잊지 말아야겠다. 이 작은 기쁨들이 쌓여, 우리의 삶을 더욱 풍요롭게 만들어 줄 것이다.

나는 나의 거울이다

사람은 자신의 얼굴을 스스로 볼 수 없었다. 거울이 없던 시절, 우리는 물에 비친 흐릿한 실루엣으로만 자신을 짐작했을 뿐이다. 그렇게 시간이 지나 거울이 생기고, 카메라가 등장하며, 스마트폰이 일상화된 지금, 우리는 셀 수 없을 정도로 많은 시간 자신의 얼굴을 보게 되었다. 그러나 그 얼굴들은 모두 정지된 이미지일 뿐, 진짜 나를 보여주지는 않는다.

타인의 시선으로 나를 들여다보는 세상. 우리는 누군가의 SNS에 비친 모습, 사진 속 웃음, 짧은 영상 속 말투와 표정으로 사람을 판단하고 기억한다. 그리고 그런 타인의 기준으로 나도 나를 판단하기 시작한다.

하지만 중요한 건, 다른 사람은 내 얼굴을 오래 들여다보지 않는다는 것이다. 우리는 결코 누구의 인생에서 주인공이 아니다. 그저 한순간 스쳐 가는 등장인물일 뿐이다. 내가 웃던 찰나, 내가 도와주었던 어느 날, 함께 걷던 그날의 바람처럼, 사람들은 나를 조각처럼 기억한다. 결국 인생이란 타인과의 '순간'을 살아내는 일이다.

그렇다면 나는 어떤 순간을 살아내고 있을까? 누군가의 기억 속 나는 어떤 감정으로 남아 있을까? 상냥한 사람이었을까, 아니면 따뜻한 말을 건네던 사람이었을까, 아니면 바쁘다는 이유로 무심했던 사람이었을까?

데일 카네기는 "우리가 타인에 대해 품고 있는 생각보다, 그들이 우리에 대해 갖는 인상이 훨씬 더 중요하다"라고 말했다. 그 인상은 길지 않은 찰나에 만들어진다. 우리가 내뱉은 말, 우리가 지은 표정, 우리가 내민 손 하나가 어떤 사람에게는 아주 깊은 기억이 되기도 한다.

그래서 인간관계란 결국 '찰나의 순간을 어떻게 보낼 것인가'의 문제다. 사람은 그저 타인의 거울이 되어 살아간다. 나를 바라보는 당신의 눈, 당신의 기억, 당신의 마음속에 나는 어떤 사람으로 남고 있을까?

이 질문을 안고 하루를 살아보면 좋겠다. 타인을 향한 따뜻한 한마디가, 무심코 지은 미소 하나가 결국 나라는 사람을 완성해 나가는 진짜 거울이 된다. 그 순간의 소중함을 잊지 않고, 서로에게 따뜻한 기억을 남기는 사람이 되어가길 바란다.

결국 다정함은 사람을 남긴다

미셸 오바마는 미국 역사상 가장 많은 사랑을 받은 퍼스트레이디 중 한 명이다. 그녀는 정치인의 아내로서가 아니라, 자기 삶의 주체로서 살아간다. 그녀는 자서전 《비커밍》에서 자신의 실패와 상처, 불안함까지 솔직하게 털어놓는다. 그 진심이 수많은 이들에게 위로와 공감을 주었다.

그녀는 말했다. "성공이란 당신이 성취한 것이 아니라, 당신이 다른 사람들에게 미친 영향으로 측정된다." 사람은 결국 숫자나 타이틀이 아니라, 누군가의 기억 속에서 어떤 사람이었는가로 남는다.

미셸 오바마는 사회적으로 영향력이 있음에도 겸손했고, 말보다 실천에 무게를 두었다. 높은 위치에 있으면서도 그것을 권력처럼 휘두르기보다, 그 힘을 어디에 쓸지를 아는 사람이었다.

그녀는 자신의 삶을 통해 이를 보여주었다. 자신의 상처와 실패를 아낌없이 공유함으로써, 많은 이들에게 공감과 연대의 메시지를 전달했다. 그녀의 다정함은 단순한 친절이 아닌, 자신의 진실한 모습을 내보이는 용기에서 비롯되었다.

우리는 그녀를 통해 배운다. 사람을 잇는 힘은 화려한 수사보다도 진정성을 품은 태도에서 나온다는 것을. 타인을 변화시키는 힘은 거창한 말이 아니라, 삶을 어떻게 살아가는가에 달려 있다는 것을 말이다.

결국 나라는 사람을 누군가의 기억에 남게 하는
건, 나의 직함이 아니라 품격 있는 선택의 순간들이
다. 미셸 오바마처럼, 자신의 진실을 드러낼 수 있는
용기와 타인을 향한 따뜻한 시선을 잃지 않는다면,
그것만으로도 누군가에게 오래도록 남는 사람이 될
수 있다.

빛나는 사람의 조건

인생에서 가장 어려운 시험에 들었다고 느껴질 만큼 힘들면 지금 당신은 빛나는 서사의 조건에 딱 들어맞는 순간을 지나고 있는 중이다. 그 폭풍 같은 시간을 무사히 통과하면, '돈 주고도 살 수 없는 이야기'를 갖게 될 것이다. 그리고 그 이야기는 당신만의 빛이 되어 줄 것이다.

나는 사업을 꾸려오면서, 또 유튜브 채널을 운영하며 정말 많은 사람들을 인터뷰했다. 내가 좋아하던 책의 저자, 선망하던 기업의 대표, 한 가지 일을 10년 넘게 하다가 과감히 방향을 튼 사람, 그리고 TV에 나올 만큼 자신만의 목소리를 낸 사람들까지. 그들과 마주 앉아 이야기를 나누고, 렌즈에 담아내면서 빠짐없이 느꼈던 공통점이 하나 있었다. 그 누구도, 단 한 사람도 순탄한 삶을 살지 않았다는 점이다.

그들 모두 한 번쯤은 바닥을 쳤고, 모든 걸 내려놓고 도망치고 싶었던 순간이 있었으며, 방황했고, 혼란스러웠고, 세상이 다 말리는 선택을 감행해 본 경험이 있었다. 그러나 그런 굴곡진 시간이 있었기에, 지금의 그들이 단단하고도 빛나는 서사를 가진 사람이 되었음을 나는 믿게 되었다. 인터뷰를 마치고 돌아오는 길이면, 나는 늘 불안하고 초라했던 내 유년기의 시간들을 떠올린다. 그 시간들이 내 이야기를 시작하게 만든 출발점이었음을 이제는 안다. 그렇다. 빛나는 사람의 조건은 '서사를 가진 사람'이다. 그리고 그 서사는 늘 고요하지 않았다. 오히려 좋지 않은 상황으로 치닫는 클라이맥스가 있었고, 그 순간이 있었기에 더 많은 사람에게 위로를 줄 수 있었다고 믿는다.

"이만큼 이뤘어"보다 "이만큼 망가졌었어, 그런데 다시 일어났어"라는 고백이 사람들의 마음을 더 깊게 울린다. 그들의 이야기를 들으며, 나는 위로받았다. 나의 힘듦도, 나의 방황도 결국 나만의 빛나는 이야기의 한 챕터가 될 것이라는 믿음 덕분에, 시련 앞에서도 조금은 웃을 수 있게 되었다. 힘듦을 지나고 있을 때조차, 삶의 주파수를 긍정에 맞추고 싶었던 이유는 결국 그 모든 순간이 '서사'가 되어줄 것을 알았기 때문이다.

그러니 지금의 시련도 괜찮다. 넘어지더라도, 그 순간을 잘 기록하라. 그 기록이 당신의 이야기가 되고, 그 이야기가 당신을 빛나게 할 자산이 될 것이다. 빛나는 사람은 완벽한 사람이 아니라, 불완전한 시간을 통과한 사람이다. 당신도 그 길 위에 있다. 그러니 오늘도 꿋꿋이, 당신의 이야기를 살아내라.

빛나는 사람은
완벽한 사람이 아니라,
불완전한 시간을 통과한 사람이다.
당신도 그 길 위에 있다.
그러니 오늘도 꿋꿋이,
당신의 이야기를 살아내라.

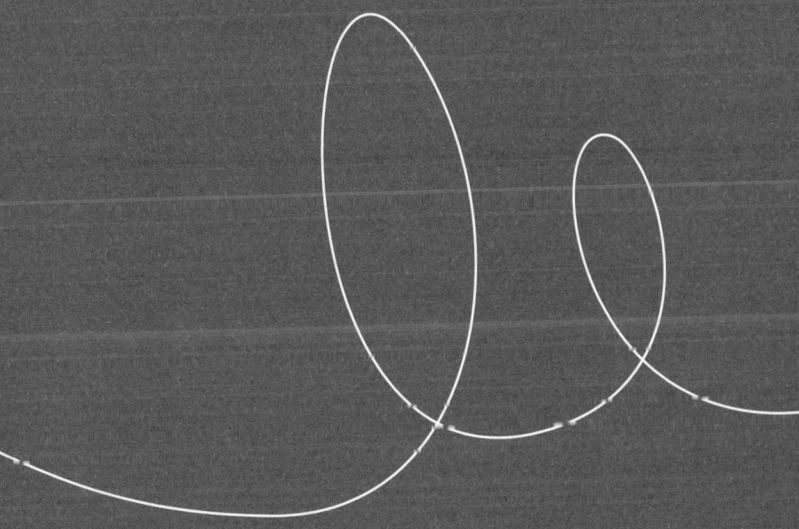

세상을 내 것으로 만들 수 있는
단 두 가지 힘

우리는 살면서 수많은 것들을 통제하고 싶어 한다. 타인의 감정, 사회의 평가, 미래의 흐름까지. 하지만 안타깝게도 그것들은 우리의 손 밖에 있다. 인생에서 진짜로 내가 통제할 수 있는 것은 단 두 가지뿐이다. 바로 나의 '태도'와 '스타일'.

이 두 가지는 돈이 들지 않는다. 그런데도 나를 더 나은 방향으로 이끄는 가장 강력한 힘이다. 삶이 꼬이고 인간관계가 어려워지며 나만 불행하다고 느껴질 때, 이 두 가지를 점검해 보라. 지금 내가 어떤 태도를 가지고 있는지, 그리고 지금의 내 모습이 나를 제대로 대변하고 있는지.

나는 이 두 가지 힘으로 사업을 해왔고, 사람을 얻었고, 사랑을 이어왔다. 태도는 나만의 매력이 되었고, 스타일은 나를 가장 정확하게 설명해 주는 자기소개가 되었다. 스스로를 꾸준히 가꾸고, 내 안의 정체성과 조화를 이루는 스타일을 발견하며, 상황에 어울리는 태도를 익혀가는 것. 그것이 결국 인생의 방향을 바꾸는 힘이 된다.

영화 〈크레이지, 스투피드, 러브〉에서 주인공 칼은 평범한 중년 가장이었다. 일과 가정에 만족하며 살아가던 어느 날, 아내의 갑작스러운 이혼 통보로 삶이 송두리째 흔들린다. 상심한 그는 술집에서 넋

두리를 하다, 우연히 만난 젊은 남자 제이콥에게 여자 꼬시는 법을 배우기 시작한다. 칼이 후줄근한 옷차림으로 나타나자, 제이콥은 "너 애플 대표야? 스티브 잡스처럼 명예라도 있어?"라며 그의 운동화를 벗겨 던진다. 그 장면을 보며, 결국 나의 가치와 실력은 자기 관리와 스타일에서 시작된다는 걸 확신하게 됐다.

태도는 나를 보여주는 첫 번째 창이다. 예의 바르고 긍정적인 태도를 지닌 사람은 비슷한 에너지를 돌려받는다. 사람들은 결국, 누군가의 마지막 태도와 풍기는 분위기로 기억한다. 좋은 태도는 좋은 관계를 만들고, 그 관계는 나를 지지해 주는 삶의 그물망이 된다.

스타일은 나를 설명하는 또 하나의 언어다. 내면은 깊이 들여다보기 전까지 알 수 없지만, 외면은 한 눈에 보인다. 그것은 타인을 위한 에티켓이자, 나 자신에 대한 존중의 표현이기도 하다. 많은 이들이 자존감에 대해 물을 때, 나는 이렇게 답한다. "자존감을 가장 빠르게 끌어올리는 방법은 태도와 스타일을 점검하는 것이다."

좋은 태도는 좋은 피드백을 부르고, 그것이 다시 나의 자존감을 높여준다. 그리고 스타일은 단 1시간이면 바꿀 수 있다. 나에게 어울리는 색, 옷, 말투, 자세. TPO(Time, Place, Occasion)에 맞는 표현 방식까지. 자기 관리가 잘된 사람들은 바로 이런 사람들이다.

다정함은 자존감에서 나온다. 다정한 사람이 되려면 나를 먼저 아껴야 한다. 나를 아끼는 마음에서 자존감이 피어나고, 그 자존감이 사람과의 관계를 따뜻하게 만든다. 오늘 나의 태도는 어떤가? 오늘 나의 스타일은 나를 대변하고 있는가? 세상은 내 마음대로 되지 않지만, 태도와 스타일은 오직 내가 선택할 수 있다. 그 두 가지 힘으로 세상을 내 것으로 만들어보자.

다정함은 자존감에서 나온다.
다정한 사람이 되려면
나를 먼저 아껴야 한다.
나를 아끼는 마음에서
자존감이 피어나고,
그 자존감이 사람과의 관계를
따뜻하게 만든다.

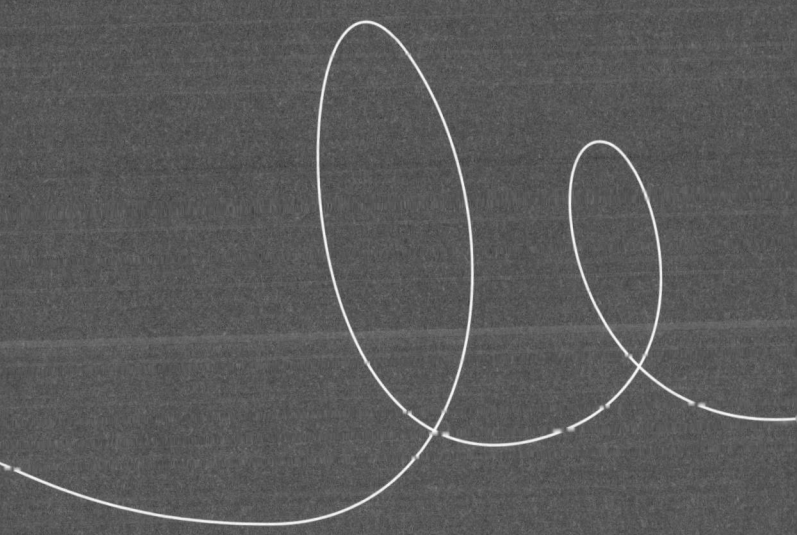

마음에 품고 사는 문장

우리 회사에서 면접을 볼 때마다 빠지지 않고 묻는 질문이 있다. "마음에 품고 사는 문장이 있으신가요?" 이 질문을 던지는 이유는 단순한 호기심 때문이 아니다. 누구나 살아가다 보면 무너질 때가 있다. 나도, 그도, 그리고 60대가 된 우리 부모님도 오늘이라는 하루를 처음 살아가는 사람들이다. 모두가 서툴고 연약한 존재. 그래서 한 사람의 마음속에 '다시 일어설 수 있게 붙잡아주는 한 문장'이 있다는 건 매우 중요하다. 거창하게 말하면 '좌우명'일 수도 있겠다.

이 질문을 통해, 상대가 인생의 문제를 어떤 태도로 마주하며 살아가는지 엿볼 수 있다. 그리고 흥미롭게도, 나이가 들수록 품고 사는 문장도 달라진다는 것을 알게 되었다. 삶의 무게가 달라지기 때문이다. 그래서 우리가 붙잡고 사는 문장도 점점 더 깊어지고 진해진다.

내가 20대였을 때, 내 마음을 붙잡아 준 문장은 '넘어지면 뭐라도 주워서 일어나면 돼'였다. 그 시절 나는 가진 게 거의 없었다. 자본도, 인맥도, 경력도 없었다. 창업을 막 시작하고 사업자 등록증을 받은 날, 창업 첫 멤버가 되어 준 친구와 맥도날드에 앉아 미래를 이야기했었다. 커피 한 잔도 소중한 소비였던 그때, 불안해 보이던 나에게 친구가 말했다. "잘할 거야. 넘어지면 뭐라도 주워서 일어나면 되지."

사실이었다. 어차피 손에 쥔 것이 없으니 두려울

것도 없는 진짜 현실을 다시 마주했다. '그래, 일 없으면 집에 있는 옷이라도 팔면 되지. 우린 절대 굶어 죽진 않을 거야.' 그렇게 내 20대는 '넘어지면 뭐라도 주워서 일어나자'라는 문장을 품고 달렸다.

30대가 된 지금, 내 삶에 깃든 문장은 조금 달라졌다. '적당한 야망과 높은 행복을 추구하는 삶.' 지금의 남편이 인스타그램에 업로드했던 사진 속 손글씨로 적은 문장이었다. 연락을 나눈 지 일주일도 안 되었을 때였지만, 그 문장을 보고 이 남자와의 결혼을 확신했다.

20대에는 쥐고 있는 것이 없어서 겁이 났지만, 30대에는 오히려 가진 것들이 나를 붙잡고 있었다. '이걸 놓치면 어떡하지?', '저건 잃기 싫은데.' 어느새 나를 숫자와 피로로 몰아넣고 있었다. 그러던 중 그 문장을 보고 깨달았다. '맞아, 나는 적당한 야망과 내 삶의 높은 행복을 동시에 추구하며 살고 싶어.' 그렇게 이 문장은 우리 집의 가훈이 되었다.

돌아보면 나는 늘 문장에서 위로를 받고 살아왔다. 영감을 잘 받는 사람이고, 누군가의 말을 내 삶의 방향으로 삼는 사람이었다. 때론 인용이고, 누군가에겐 '카피'일 수도 있지만 나는 괜찮다. 결국 중요한 건, '어떻게 해석하고 살아내느냐'이니까.

지금, 당신의 마음속에도 오래 남은 문장이 있는가? 누군가의 말 한마디에 눈물이 나도록 위로를 받은 적이 있는가? 그 사람은 지금 곁에 없을 수 있지만, 그 문장은 여전히 당신 안에 살아 있지 않은가?

사람은 떠날 수 있다. 상황도 바뀌고 관계도 멀어질 수 있다. 그러나 그 사람이 남긴 말, 당신을 일으켜 세운 한 문장은 영원히 당신의 일부가 된다. 사람에게 집착하기보다, 나눴던 마음을 기억하고 그 마음을 담아 문장을 간직하며 살아가는 사람. 나는 그런 사람이 되고 싶다.

당신에게 묻고 싶다.

"당신이 마음에 품고 사는 문장이 있나요?"

에필로그

인간은 사실 너무나 유약한 존재입니다. 누군가의 날카로운 말 한마디에 마음이 무너지고, 누군가의 무관심에 하루가 통째로 무너질 수 있는 존재입니다. 작은 사고에도 쉽게 다치며, 자연의 거대한 힘 앞에서는 속수무책으로 흔들리는 존재입니다. 그런데도 인류는 여전히 살아남았고, 그 생존과 번영의 배경에는 '다정함'이라는 강력한 무기가 있었습니다.

우리는 종종 '강한 자가 살아남는다'라는 말을 믿습니다. 하지만 진화생물학자 찰스 다윈은 이렇게 말했습니다. "가장 강한 종이 살아남는 것이 아니라, 가장 잘 적응하는 종이 살아남는다." 그리고 이 적응은 서로를 향한 돌봄과 공감, 협력이 있었기에 가능했습니다.

인류의 기원인 '오스트랄로피테쿠스 아프리카누스'의 부러진 뼈가 긴 시간의 회복 끝에 다시 붙어 발견된 장면은 학계에 큰 충격을 안겼습니다. 그 유골은 부러진 뼈가 자연 치유된 흔적을 보여주었고, 이는 단순한 생존의 문제가 아니라 누군가의 보호와 보살핌, 즉 '다정함'이 있었기에 가능한 일이었습니다. 동물의 세계에서는 상처 입은 존재는 버려지기 쉽습니다. 하지만 인간은 달랐습니다. 다정함으로 서로를 돌보았고, 그 다정함이 인간을 인간답게 만든 최초의 증거였습니다.

미국의 심리학자 바버라 프레드릭슨은 '긍정심리학'

을 통해 다정한 감정이 개인의 건강은 물론, 사회적 관계까지 변화시킨다고 말했습니다. 그녀의 연구에 따르면 사람 간의 친절과 애정, 공감은 심장 박동을 안정시키고 면역력을 높이며, 스트레스 호르몬의 수치를 낮춥니다. 작은 다정함이 우리의 몸과 마음을 근본적으로 변화시키는 것입니다.

하버드대학교에서 75년간 진행한 '성공적인 삶의 조건'에 관한 연구에서도 명확한 결론이 나왔습니다. 한 사람이 삶에서 느끼는 행복과 성공의 핵심은 결국 '좋은 인간관계'였습니다. 좋은 인간관계는 깊이 있는 연결에서 나옵니다. 그리고 그 연결은 다정함에서 시작됩니다.

우리는 알고 있습니다. 다정한 말 한마디가 얼마나 큰 위로가 되는지, 바쁜 일상 속 누군가의 작은 배려가 얼마나 오래 기억에 남는지를. 그리고 그런 다정함이, 전혀 예상치 못한 방식으로 다시 나에게 돌아온다는 것까지 말이죠.

다정함은 '나비 효과'와 같습니다. 아주 작은 친절이 연쇄적으로 퍼지며 커다란 변화를 일으킵니다. 내가 오늘 무심코 한 다정한 말이 누군가의 하루를 밝히고, 그 사람이 또 다른 누군가에게 다정함을 전할 수 있습니다. 마치 물결처럼, 마치 바람처럼. 보이지 않지만 확실하게 움직이는 힘입니다.

다정함은 또한 '내리사랑'과도 같습니다. 위에서 아래로, 강한 자에서 약한 자로, 어른에서 아이로 전해지는 그 따뜻한 감정은 우리 사회를 더 안전하고, 더 지속 가능하게 만듭니다. 부모의 다정함을 받은 아이는 타인을 공감할 수 있는 어른이 되며, 직장 상사의 다정한 피드백은 팀원에게 자존감을 불어넣습니다.

우리가 함께 살펴본 '다정함'은 단순한 성격적 특성이 아닙니다. 다정함은 기술입니다. 관계를 지속시키는 힘이고, 조직을 유지시키는 에너지이며, 사회를 더 나은 방향으로 이끄는 유일한 방법입니다. 그리고 무엇보다, 다정함은 선택입니다. 우리는 매일의 순간마다 다정할 수 있습니다.

살면서 우리는 수많은 승부를 경험합니다. 일에서, 사랑에서, 관계에서. 때로는 이기고, 때로는 지기도 합니다. 그러나 시간이 흘러 삶을 돌아보았을 때, 진정으로 남는 사람은 다정했던 사람입니다. 진심으로 귀 기울이고, 말 한마디를 신중히 고르며, 누군가의 아픔 앞에서 멈춰 설 줄 아는 사람 말입니다.

그 다정함이 결국 세상을 만듭니다. 세상을 바꾸는 것은 거대한 시스템도, 탁월한 전략도 아닌, 바로 '다정한 사람들'의 조용한 행동입니다. 회사의 회의

실에서, 가정의 식탁에서, 연인의 문자 속에서, 친구의 전화 한 통에서. 우리가 놓치지 말아야 할 진짜 힘은 언제나 다정함에 있었습니다.

그리고 이제, 당신의 다정함을 보여줄 차례입니다.
다정한 사람이 결국 이깁니다.
그리고 그 다정한 사람들이 결국 세상을 바꿀 것이라 믿습니다.

이 책이, 함께 세상을 바꿔나갈 독자분들에게 닿기를 바랍니다.

이해인 드림.

다정한 사람이 이긴다

초판 1쇄 발행 2025년 08월 13일
개정판 1쇄 발행 2026년 04월 15일
개정판 3쇄 발행 2026년 05월 06일

지은이 이해인
펴낸이 김상현

콘텐츠사업본부장 유재선
출판팀장 전수현 **편집** 윤정기 심재헌 이경미 **디자인** 황규성 박선경
마케팅팀장 엄재욱 **IMC파트** 남소현 이영섭 배성경 강보현
미디어파트 김예은 정선영 정수아 정영원
경영지원 이관행 김준하 안지선 김지우

펴낸곳 (주)필름
등록번호 제2019-000002호 **등록일자** 2019년 01월 08일
주소 서울시 영등포구 영등포로 150, 생각공장 당산 A1409
전화 070-4141-8210 **팩스** 070-7614-8226
이메일 book@feelmgroup.com

필름출판사 '우리의 이야기는 영화다'
우리는 작가의 문체와 색을 온전하게 담아낼 수 있는 방법을 고민하며 책을 펴내고 있습니다.
스쳐가는 일상을 기록하는 당신의 시선 그리고 시선 속 삶의 풍경을 책에 상영하고 싶습니다.

홈페이지 feelmgroup.com **인스타그램** instagram.com/feelmbook

ISBN 979-11-24468-05-0(03810)